오늘, 헤어졌어요

오늘, 헤어졌어요

신경민 지음

사랑은 나를 아프게도 하고, 나를 성장하게도 한다

누가, 누구에게 마음을 주는 일이 사랑이라면,
그 마음이 사라질 때까지 기다리는 일이 아마도 이별인가보다.

북노마드

비가 조금 왔고, 오후 근무였고, 토요일이었다.
약속했던 시간보다 늦을 것 같아 기다려달라고 문자 메시지를 보냈다.
그녀는 괜찮으니 신경 쓰지 말고 천천히 오라고 했지만,
그 흔한 이모티콘 하나 없이 건조했다.

면바지에 어깨까지 내려오는 머리를 단정히 묶고,
지갑과 다이어리와 펜을 꺼내놓고
나를 기다리던 그녀의 모습이 아직도 생생하다.
그녀는 나를 알고 싶어했다.
'내가 어떤 사람인지, 어떤 생각을 하는 사람인지…….'
나와 눈을 맞추고, 내 표정을 살피고, 내 말에 귀를 기울이면서.

그녀를 처음 만난 날, 솔직히 나는 그녀가 차가운 사람이라고 느꼈다.
그래서 그런 그녀에게 마음을 열고,
또 내가 그녀의 마음을 얻으려면 시간이 필요하다고 생각했다.
우리가 서로에 대해 조금씩 알아가면서,
서로의 마음에 기대기 시작하면서
나의 목소리와 그녀의 글은 하나가 되었다.

그녀가 쓴 사랑 원고를 읽는 새벽 12시 30분은 내가 가장 사랑하는
시간이었다.
치열하게 사랑하고 처절하게 아팠던 사랑도 있었고,
유난스럽진 않지만 입가에 미소 짓게 하는 은근한 사랑도 있었다.
물론, 그 속에는 내 이야기도 있었다.
만 스물세 살 초라하고 어수룩했던 나도 있고,
유난히 빛이 났던 스물다섯 살의 봄도,

많이 아팠던 스물일곱의 겨울도 있었다.
그녀의 글은 내가 너무 많아서 발가벗겨진 창피함과
뒤돌아볼 수밖에 없는 아련함이 배어 있었다.

이 책은 매일 새벽, 라디오 스튜디오에서
사랑과 추억과 사람을 이야기하는 그녀의 아름다운 청춘이고,
지친 몸과 마음을 눕히고 '나와 같은 사람들의 이야기'를 기다리는
여러분의 뜨거운 청춘이다.

문지애(MBC 아나운서)

나는 평생 연애하며 살고 싶다고 입버릇처럼 말해왔다.
지금껏 그랬고, 앞으로도 아마 그럴 것이다.
아니, 그럴 수 있었으면 좋겠다.
이 말은 어쩌면 내가 곡을 쓰고 노래를 부르는 이유와도
다르지 않을 것이다.

그래서였을까?
나는 이 책을 다 읽는 데 꽤 오랜 시간이 필요했고,
마지막 페이지까지 다 읽고 나서도 쉽게 덮어버릴 수가 없었다.
내가 그녀의 글을 아끼는 가장 큰 이유는
섣불리 그립다거나, 힘들다거나, 사랑한다고 말하지 않기 때문이다.
담담한 표정으로 그저 넌지시 그때 그 순간을
아직도 기억하느냐고 묻고 있을 뿐.

불쑥 사랑했던 날이 그리워지는 날에
반짝반짝 빛나던 지난 사랑을 한 번쯤 추억해보고 싶을 때,
참 열심히 사랑했던 시절을 가만가만 되짚어보고 싶은 순간에……
한 글자, 한 글자 가슴에 담기를 바란다.
내가 그랬던 것처럼.

정엽(가수)

입사 7년차이자 결혼 6년차인 나.
때론 일상에 지쳐,
때론 타성에 젖어 예전의 감성을 잃어버렸다고 느껴다가도
가끔 나도 모르게 눈물이 날 때가 있다.

무심코 틀어놓은 라디오에서 촌스럽지만
애절한 90년대 발라드가 흘러나올 때,
별 기대 없이 찾은 영화관에서
가슴 아픈 이별을 하는 비련의 여주인공을 만날 때,
그리고 새벽 공기가 유난히 시리다고 느껴질 때!
당황스럽고 부끄러워 눈물을 훔치면서도
그럴 때마다 아직까지 나에게 이런 감성이 남아 있었던가 하는
뜻 모를 대견함을 느끼곤 한다.

신경민 작가의 글은 내게 있어서 그런 글이다.
상실의 시대를 살아가는 현대인들의 무뎌진 감수성을 자극하는
그런 글이다.
수고하고 무거운 짐을 진 자들에게 그녀의 책을 권한다.

송명석(MBC 라디오 프로듀서)

생각해보니, 나에게도 그런 시절이 있었다.
나를 그 어느 곳에서도 뜨거운 열대야 한가운데 있는 것처럼 만든 사람.
그 어느 곳에서도 이 세상에서 나를 가장 춥게 만든 사람.
책을 한 장 한 장 넘기면서 나조차도 한참 잊고 있었던
누군가를 만나게 될 때마다 가슴 한 구석이 저릿했다.

이 책은 단순히 헤어짐에 관한 이야기가 아니라,
누군가를 사랑했고 그래서 한 번쯤 아파봤던 우리 모두의 이야기라는
생각이 든다.
어쩌면 당신에게도 그런 사람이 있었다는 걸
이 책이 다시 떠오르게 해줄지도 모른다.

박세진(옥상달빛)

누구나 사랑을 하고 이별을 한다.
늘 겪는 일이지만 이별은 언제나 아프고 힘들다.
이 책은 먹먹했던 순간의 기억들을 담담하게 상기시켜준다.
이제와 돌아보니 고맙고 즐거웠던 기억들도 참 많다.
지난 기억들을 아름답게 떠오르게 해준 이 책,
참 고맙다.

김윤주(옥상달빛)

아마도, 스물아홉의 봄.
그즈음 나는 지쳐 있었다.

일도 더는 재미가 없었고, 연애도 시들했고, 뭘 해도 즐겁지 않았다.
뭔가를 채우려 할수록 몸과 마음이 점점 바닥으로 가라앉는 기분이었다.
예민해질 대로 예민해져 있어서 항상 날이 곤두 서 있었고,
누군가 "힘들어 보인다"고 말이라도 걸어오면 금방이라도 울음이
터져버릴 것만 같았다. 나름대로 잘 살아왔다고 생각했는데
꼭 그렇지만은 않다는 생각이 들자 걷잡을 수 없이 두려워졌다.
그 순간, 도망치고 싶었다. 어디로든 떠나야 했다. 나는 떠난다면 어디가
좋을지 고민하기 시작했고, 또 어디가 됐든 얼마가 됐든 그 사람들처럼
살아보기로 했다. 잠시 머무는 여행자가 아니라, 그곳 사람들처럼 그곳의
속도대로 시간을 보내야겠다고 생각했다. 그로부터 정확히 37일 뒤,
나는 캐나다 토론토로 가는 AC0002편 비행기에 올랐다.

그렇게 그해 여름을 나는 토론토 외곽의 어느 조용한 마을에서 보냈다.
걸어서 꼬박 30분이 걸리는 마트에 가야 제대로 된 사람 구경을 할
수 있을 정도로 그곳은 하루하루가 잔잔하고 평화로운 풍경이었다.
도착해서 처음 3일간은 죽은 듯이 잠만 잤고, 사흘째 되던 날부터
어슬렁어슬렁 산책을 나섰다. 그러고는 그곳을 떠나올 때까지 매일매일
똑같은 길을 걸었다. 비슷비슷하게 생긴 집들을 지나 걷고 또 걸었고,
혹시라도 너무 멀리 와서 길을 잃어버릴까 걱정되어 왔던 길을 되돌아
걷기도 했다. 그러다가 어느 날엔가는 아무것도 하지 않았다.
집 앞 벤치에 앉아 드문드문 지나가는 차와 사람들을 물끄러미
바라보기도 했다. 그곳에서는 시간도, 세상도, 심지어 사람의
마음까지도 느리게 흘러가는 듯했다.

그러다 알게 되었다. 집집마다 집 앞에는 두 평 남짓한 화단이 있었는데,
그들은 매일 비슷한 시간에 물을 주고, 잡초를 거둬내고,
볕을 쪼여주면서 다양한 색깔의 꽃들로 화단을 채워갔다.
그들에게 화단은 그 집의 얼굴이면서 동시에 집 주인의 얼굴이라고 했다.

여섯 살 무렵까지 내가 살던 집에도 조그마한 마당이 있었다.
마당에는 내가 태어나기 훨씬 전부터 자목련 한 그루가 자라고 있었고,
꽃을 좋아하는 엄마를 위해 아빠는 꽃밭을 만들었다.
그래서 우리 집 앞마당에는 철마다 꽃이 피고 지고 나무가 자랐고,
아주 어렸을 때부터 나는 그 꽃을 보며 자랐다.
꽃은 예뻤고, 화려했고, 탐스러웠고, 또 향기로웠다.
아빠는 어린 나를 무릎에 앉혀놓고 하나하나 짚어가며 꽃 이름을
알려주고 향기를 맡아보라고 하셨다. 그때마다 나는 "예쁘다"고 말하면서
손을 먼저 내밀었다. 그러면 아빠는 깜짝 놀라시며 그렇게 하면
"꽃이 아야 한다"고 "아파서 운다"고, 그러니까 "눈으로만 보고 눈으로만
예뻐해줘야 하는" 거라고 하셨다.

그런데도 나는 언제나 마음보다 몸이, 한두 걸음 먼저 움직였다.
예쁘니까 만져보고 싶었고, 예쁘니까 움켜쥐고 싶었고, 예쁘니까
갖고 싶었다. 머릿속으로 이것저것 계산하거나 따지지도 않았고,
그래서 때론 좀 무모하다 싶을 정도로 행동하기도 했다.
그렇게 꺾어온 꽃이, 하루도 버티지 못하고 힘없이 시들어버린 것을
눈으로 보고 난 후에야 나는 아빠가 말하는 '꽃이 아야 한다'는 것이
무엇인지 어렴풋이 알 수 있었다. 정말 예쁜, 그래서 아껴주고 싶다면,
그저 가만히 지켜봐야 하는 거라고, 살다보면 그런 때가 온다고.
하지만 그것도 잠시, 나는 그 후로도 몇 번이나 "꽃이 예쁘다"고 말하면서

꽃을 꺾었고, 그렇게 '꺾어진 꽃'은 물기 하나 없고 볕도 잘 들지 않는
내 방 어딘가에서 조용히 시들어갔다.

그런데 언제였는지 잘 기억나지 않는 그 순간부터 나는 절대로
꽃을 꺾지 않게 되었다. 꽃의 화려한 빛깔이나 매혹적인 향기에
쉽게 마음을 주지도, 보이는 모습이 전부일 거라고 믿지 않았다.
그래서 마음보다 몸이 먼저 앞서지도 않았고, 마음이 쉽게 움직이지도
않았다. 그즈음 나는 예쁜 게 좋아서 다가선 마음이 상대방을
아프게 할 수 있다는 사실과 반대로 예쁜 게 좋아서 다가온 마음이
나를 다치게 할 수 있다는 일종의 불편한 진실을 느꼈던 것 같다.

사랑하는 법을 잘 알지 못했을 때. 어떻게 사랑을 표현하고,
어떻게 사랑을 줘야 하는지 몰라서 섣불리 내민 마음에 다쳤을 때에도
가끔씩 나는 그 말을 떠올렸다. 정말 예쁘고, 그래서 아껴주고 싶다면,
그저 가만히 지켜봐야 하는 거라고. 살다보면 그런 때가 온다고.

아마도, 스물아홉의 가을.
나는 다시, 내가 사랑하는 사람들이 살고 있는 한국으로
돌아가기로 했다.
토론토 공항에 도착하자마자 짐을 먼저 보내고 나를 다시
원래 있던 자리로 데려다줄 비행기를 기다리면서 나는 줄곧
내가 떠나온 거라고 생각했는데 실은 도망친 건지도 모르겠다는
생각을 잠깐 했던 것 같다.
떠나왔든, 도망쳐 왔든…… 그건 더 이상 중요하지 않았다.
그 순간의 내 마음은 더없이 고요했고 평화로웠으므로.

그리고 2011년 여름, 서울에 집중 폭우가 쏟아지던 날.
출판사에 보낼 마지막 원고를 정리하면서 나는 다이어리 한 구석에
적어둔 말을 떠올린다.

올해 예순 아홉. 내년이면 배우 인생 50년을 맞는다는
어느 여배우에게 "아직도 사랑을 믿느냐"고 묻자,
그녀는 아득한 눈빛이 되어서 이렇게 대답했다고 한다.
"사랑은 그냥 흘러가는 거예요. 어디에도 머물러 있지 않고,
손에 쥐어지는 것도 아니고⋯⋯. 인생이 그런 것 같아요.
영원한 것은 없으니까. 그렇지만 사랑은 해야 해요."

어쩌면 당신의 사랑도, 누군가 정성스레 일궈놓은 꽃밭처럼⋯⋯
어디선가, 그렇게, 자라고 있을지도 모른다.

2011년 가을을 기다리며
신경민

이별의 이유 같은 건 생각해본 적 없어.

중요한 건, 그 사람과 나는 사랑했었고, 지금은 아니라는 것뿐이야.

물론 세상의 모든 이별은 상처를 남기지.

어느 이별도 아프지 않은 건 없어.

다들 그렇게 조금씩 아파.

너에겐 쉽고,
나에겐 참 어려운 것

저기, 저 횡단보도 건너 사람들 속에 네 모습이 보인다.
신호가 바뀌자, 너는 걷기 시작한다.
나는 누군가에게 문자 메시지를 보내는 척 휴대전화를 만지작거리는데,
내 앞에 성큼성큼 다가선 네가 건넨 첫마디.

잘 지냈어? 좋아 보인다.

그 순간에 내가 웃었던가? 아니면, 쓸쓸하게 뒤돌아섰던가?
생각이 안 나. 그냥 그날의 네 표정, 네 말투, 네가 입었던 셔츠와 신발
색깔. 이런 것들은 하나도 기억이 안 나고, 그날 그 거리엔 유난히
사람들이 많았고, 봄 햇살이 기가 막히게 좋았다는 것밖에는 모르겠어.
근데, 네가 보기에 나…… 정말 좋아 보였어?

저녁을 먹기엔 시간이 일러서였는지 너는 차를 마시자고 했고,
그렇게 1년 만에 만난 우리는 길모퉁이 카페에 들어갔지.
너는 친절하게 문을 열어주고, 햇빛이 너무 강하지 않은,
하지만 적당히 아늑한 느낌이 드는 구석 자리로 날 안내하고, 날 보면서
자꾸 웃고, 자꾸 다정하게 말을 건넸어. 그래서 나, 잠시 착각할 뻔했어.
마치 우리가 어제 만났다가 헤어지고 오늘 다시 만난 사람들처럼

느껴졌거든. 너란 사람이 1년 전 내 과거 속에 머물러 있는 사람이
아니라, 현재 진행형인 사람처럼 느껴졌다고 해야 할까?
가방에서 지갑을 꺼내 일어서면서 네가 그러더라.

요즘도 커피 진하게 마셔? 샷 하나 추가할까?

원래대로라면, 아니, 내가 생각한 대로라면 나는 고개를 흔들면서
"아니, 나 이제 취향 바뀌었어. 그냥 라떼 마실래."
이렇게 말하는 거였는데, 내가 샷이 추가된 커피를 좋아한다는 것을
여전히 기억하는 데 놀라서 나도 모르게 바보처럼 고개를 끄덕였어.
그때 속으로 얼마나 신경질이 났는지 넌 모를 거야.
있잖아, 부탁인데…… 그렇게 묻지 말아줄래?
나, 자꾸 헷갈리잖아.

아무렇지 않은 듯한 네 앞에서, 나는 자꾸 커피를 쏟고,
아무렇지도 않은 너와 나는 눈도 못 맞췄어.
또 아무렇지 않게 안부를 물어오는 네 앞에서 나는 참 많은 생각을
했는데, 그리고 그 시간들이 참 불편했는데, 나만 그랬었나봐.
커피를 반쯤 비웠을 때쯤, 그제야 네 얼굴이 조금씩 똑바로 보이기
시작했어. 그런데 좋아 보이는 사람은 내가 아니라 너였던 것 같아.
활짝 웃고 있는 네가 정말 좋아 보여서, 참 잘 살고 있는 것 같아서
살짝 기분이 나빠지려고 그랬거든.

있지, 그 순간에…… 나, 후회하고 있었나봐.
이럴 줄 알았다면 만나지 말걸.
이럴 줄 알았다는 말이 좀 우습긴 하지만, 그렇다고 딱히 뭔가를

기대했던 건 아니야. 너는 너대로, 나는 나대로 잘 살고 있다고 생각했고,
어차피 우린 원래부터 좋은 친구였으니까, 그렇다면 다시 친구로
돌아가는 것도 괜찮지 않을까 하는 자신감 같은 게 생겼나봐.
도대체 어디서 그런 용기가 났을까?
너와 난 헤어진 후에도 원하든, 원치 않든
서로의 소식을 전해 듣고 있었고, 넌 가끔 뜬금없는 문자도 보내왔잖아.
이런 식으로.

날씨도 좋은데 뭐해?

그런 문자를 받을 때마다,
나는…… 괜한 기대를 했어.

보고 싶다는 얘긴가?
아님, 지금 당장 만나자는 얘긴가?

이따금 내가 널 떠올리듯이, 너도 그냥 나를 떠올렸을 뿐이고,
그러다 불쑥 문자 메시지를 보낸 것일 텐데, 애당초 그 이상의 의미는
없을 텐데 나는 계속 의미를 보태고 생각하고 또 생각했었어. 그렇게
헤어진 후에도 널 떠올릴 때마다 자꾸자꾸 생각이 부풀어 올랐어.

저기, 맞은편 테이블에 앉은 커플 보이니? 참 다정해 보이지?
우리도 분명 저런 때가 있었겠지? 에이…… 커피 다 식었다.

너한테는 쉽고, 나한테는 참 어려운 것.
그게 나는 어쩐지 이별인 것만 같다.

너한테는 쉽고,
　　나한테는 참 어려운 것,
　　　그게 나는 어쩐지 이별인 것만 같다.

사랑도, 이별도,
조금씩 아픈 거야

사람들은 참 이상해. 누가 누구랑 헤어졌다고 하면 꼭 이렇게 묻더라.
왜? 왜 헤어졌대?
근데 반대로 누가 누굴 만나서 사귄다고 하면 도대체 왜 사귀느냐고
묻지는 않잖아. 좋으니까, 좋았으니까, 그건 굳이 설명하지 않아도
아는 거니까. 아니, 뭐, 누군 사랑 안 해봤어?

친구가 수화기 너머로 너의 이별 소식을 전해왔을 때, 그러면서 그렇게
뜨겁게 사랑했던, 너희 두 사람이 왜 헤어졌을까를 놓고 온갖 무성한
추측을 내놓았을 때, 나도 모르게 잠깐 흥분을 했던 것 같아.

헤어졌구나, 결국, 그렇게 됐구나.

너한테 문자 메시지를 보내볼까? 아니면, 아무렇지 않게 전화를 걸어
얼굴이나 보자고 할까? 나 혼자, 여러 가지 경우의 수를 머릿속에
그려놓고 이런저런 고민을 해보았어. 그런데 그 시간 동안 내 심장이
왜 그렇게 두근거렸는지 모르겠어. 아니, 좀 더 솔직히 말하면……
나, 좀 떨렸던 것 같아.
왠지 모를 기대와 안도감에 잠깐 흥분했던 것 같아.

근데, 이러면 안 되는 거잖아. 이러면 안 되는데.
나는, 자꾸자꾸 욕심이 났어. 며칠 뒤, 우연처럼 너를 만나고 싶었던
내 마음을 알았는지 대학 동기 모임이 있었어. 그날 난 좀 취했었지.
너는 나와 대각선 방향에, 그러니까 내가 왼쪽으로 고개를 조금만 돌리면
너의 왼쪽 뺨이 보이는 자리에, 딱 그만큼의 거리를 두고 앉아 있었지.
난 너의 표정, 너의 손짓, 너의 말소리 어느 것 하나 놓치지 않으려고
잔뜩 신경을 곤두세우고 있었지. 그런데 정말 취한 건지 어느 순간부터
너 말고 다른 친구들이 하나도 보이질 않더라.
그날 밤, 내가 하고 싶었던 말들은 한숨이 되고,
너에게 듣고 싶은 말들은 공허한 울림이 되어서
날, 참 힘들게 했던 것 같아.
먼저 일어서는 나를 집에 바래다주겠다고 네가 따라나섰을 때,
'괜찮다'고 혼자서 집에 갈 수 있다고 네 손을 뿌리쳤을 때,
넌, 도대체 나한테 무슨 마음이었던 걸까?

넌 서둘러 택시를 잡으려고 했어.
내가 좀 걷고 싶다니까, 그래, 그럼 그러자.
내가 좀 앉고 싶다니까, 그래, 그럼 그러자.
너, 만약 내가 사귀자고 해도, 그래, 그럼 그러자……
그렇게 대답할 거니?

우리는 어느 편의점으로 들어갔어. 그곳에서 드문드문 지나가는 차들과
또 드문드문 지나가는 사람들을 바라보면서 나는 결국, 바보 같은 질문을
해버렸지.

왜 헤어졌는지…… 물어봐도 돼?

넌 별로 당황한 기색이 없이 물끄러미 나를 한 번 바라보고 턱을 괴면서
이렇게 말했지.

글쎄? 그걸 어떻게 설명해야 할까.
성격이 안 맞아서? 마음이 변해서? 아니, 아니, 그런 추상적인
대답 말고, 그래, 드라마에 나오는 것처럼 도저히 용서받을 수 없는
잘못을 해서 헤어졌다면? 만약 그렇다고 한다면……
다른 사람들이 '그래, 너희 참 잘 헤어졌어' 이렇게 말할 수 있을까?

네가 거기까지 말하고 날 쳐다봤을 때, 난 아마도 고개를 저었던 것 같다.
그런데 그 순간, 나는 왜 너의 눈빛에서 여전히 그녀를 읽었을까?
그 이유를 좀 더 찾아보고 싶었는데,
너는 자리를 툭툭 털고 일어서면서 이렇게 말했지?

이별의 이유 같은 건 생각해본 적 없어.
중요한 건, 그 사람과 나는 사랑했었고, 지금은 아니라는 것뿐이야.
물론 세상의 모든 이별은 상처를 남기지.
어느 이별도 아프지 않은 건 없어. 다들 그렇게 조금씩 아파.

그런데 다들 조금씩 아프다는 그 말,
내 귀에는 어쩐지, 아직은 그녀를 잊을 수 없다는 말처럼 들려.

사랑도, 이별도, 누구에게나 조금씩 아픈 거라고 말하던 너,
그리고 나.

아무래도
난 고양이였나 봐

어디서 들은 얘긴데,
강아지는 3년이 지나면 주인에게 완전히 복종하지만,
고양이는 3년이 지나면 그때부터 진짜 자기 모습을 드러낸대.

당신이 그 말을 했을 때, 당신과 나는 버스를 기다리고 있었고,
공교롭게도 버스정류장 바로 앞에는 동물병원이 있었어.
당신의 시선은 몽글몽글 하얀 구름처럼 뽀얀 털을 가진 고양이에게
머물러 있었고, 내가 "그게 무슨 뜻이야?"라고 되물었을 때
당신은 이렇게 말했지.

쉽게 마음을 열지 않는다는 뜻이겠지.
고양이는 날렵하면서도 신중하거든. 부드러우면서도 날카롭고.

그 말끝에 난 이렇게 중얼거렸던 것 같아.

그래서 난 고양이가 무서워.

이제 와 갑자기 그날, 그 이야기가 생각난 것은
집으로 돌아오는 골목길에서 고양이 한 마리를 만났기 때문이 아니라

고양이가 쉽게 마음을 열지 않는 건
마음을 너무 많이 열까 봐, 그래서 상처받을까 봐 두려워서야.
그렇다면, 아무래도 난 고양이였나 봐.

순전히 당신 때문이야.

2년 전, 이맘때. 친구의 회사 선배였던 당신을 우연히 소개받던 날.
서글서글한 눈빛으로 스스럼없이 다가와 당당하게 손을 내밀던 당신!
당신은 또박또박 이름 석 자를 말했고, 나는 당신의 손을 아주 잠깐,
스치듯 잡고서 눈인사를 건넸어. 그 순간 당신이 그랬지?

얘기 많이 들었어요. 그래서 그런가? 하나도 낯설지가 않네요.

그때 내 옆에 있던 친구는, 당신이 유쾌하고 좋은 사람이라고 말해줬어.
나 역시, 그 말이 그냥 하는 빈말은 아니라고 생각했지.
첫 만남 이후, 당신은 마치 우리가 오래된 연인처럼 연락을 해왔어.
그렇다고 부담스럽거나 무례하게 느껴지지는 않았어.

그렇게 몇 번 당신과 함께 밥을 먹고, 차를 마시고, 영화를 보고,
시간이 날 때마다 서로의 안부를 궁금해하고, 서로의 안부를 묻고
그 횟수가 잦아지고, 함께하는 시간들이 점점 많아질수록
당신이란 사람은 내 일상에 깊숙이 파고들었어.
그럴수록 난 불안했던 것 같아.
내 마음이 당신의 마음보다 점점 커지고 있다고 느꼈기
때문이었을 거야. 언제 변할지 모르는 당신의 마음이 왠지 버거웠고,
그런 내 마음을 들킬까 봐 초조하고 불안했으니까.
그래서 오히려 난 겉으로 무관심한 척, 괜찮은 척,
아무렇지 않은 척했어.
그런 내게 어느 날, 당신이 말했지.

───── 그냥 나한테 기대면 안 돼? 왜 그렇게 곁을 안 줘?

난 또 속으로 생각했어.
당신의 그 마음이 언제까지, 어디까지 가는지 한 번 보자고 말이야.

그런데 그랬던 내 마음이 어느 순간에 와르르 무너지고
있다는 걸 깨달았어. 그땐 이미 당신의 마음이 나에게서
서서히 돌아서고 있었는데, 그걸 알았는데……
내 마음은, 자꾸만 커져갔어.

우린 이별도 쉬웠어.
헤어지자, 그만 만나자……
굳이 그런 뻔한 말들을 내뱉지 않고도 당신은 담담하게
이별을 말해왔어. 단, 무례하지는 않게, 처음 만난 날처럼,
이렇게 말하며.

우린 둘 다 좋은 사람들인데……
우리가 서로에게 좋은 사람은 아닌 것 같아.

당신이 해준 강아지와 고양이 이야기, 기억나?
고양이가 쉽게 마음을 열지 않는 건
마음을 너무 많이 열까 봐, 그래서 상처받을까 봐 두려워서야.
그렇다면, 아무래도 난 고양이였나 봐.

그 사람

창문을 열자 눅눅한 밤 공기가 방안으로 밀려 들어왔다.
온종일 내린 비 때문이었다. 실은 며칠 전부터 비가 내렸으면 좋겠다고
생각했다. 봄날의 포근함을 느낄 새도 없이 금세 여름이 된 것 같은,
한낮의 뜨거움이 조금 버겁기도 했고, 빗소리를 들으면서 잠들면
좋겠다고 생각한 탓이기도 했다. 그런데 이 계절을 조금 더 곁에
두고 싶어하는 마음과는 다르게 오늘 내린 비는 한껏 여름의 기운을
몰고 온 듯했다. 봄비의 산뜻함과는 분명 다른 무게감 같은 게 느껴진다.

언젠가부터 나는, 비 오는 날을 좋아하게 됐다.
아마도 그 사람 때문일 거다.
비가 오면, 그는 최대한 목소리를 낮추고 이렇게 말하곤 했었다.

들어봐, 빗소리가 얼마나 듣기 좋은지…….

그럼 정말이지 거짓말처럼, 수화기 너머로 빗소리가 들려오기 시작했다.
비를 좋아하게 된 건 분명, 그 사람 때문이었지만
요 며칠, 내가 비를 기다린 이유는 좀 달랐다.
비가 내리면 깨끗하게 잊을 수 있을 것 같았고,
천천히 그리워할 수 있을 것 같았다.

───── 그것이 무엇이든, 그 누구든 간에.

다른 누군가에게 당신에 대해 얘기하면서
'그 사람'이라고 소리 내어 말할 때마다 내 심장은 두근거렸었다.

그 사람이 그랬는데
그 사람, 원래 그래
그 사람, 되게 재밌어.

말끝마다 그 사람, 그 사람.
나도 몰랐는데, 내가 그 사람이라고 말할 때마다 내가 웃고 있었단다.
항상 머릿속에 그 사람을 떠올리고 있어서 그랬나 보다.
그래서인지 내 친구들은 그 사람을 '너의 그 사람'이라고 부르곤 했는데
난 그 말이 참 듣기 좋았다.
나지막한 목소리로 '나의 그 사람'이라고 소리 내서 불러보고
괜히 민망하고 부끄러운 마음에 얼굴이 빨개진 적도 있었다.

처음에 나는 그 사람이 나와 달라서 좋았고,
그다음에는 자꾸자꾸 그 사람을 닮아가는 내 모습이 신기하고 좋았다.
어느 날은 아무리 봐도, 내가 나 같지가 않은 거다.
그러다가 어느 순간, 덜컥 겁이 났다.
당신 없는 나는, 아무것도 아닌 것 같아서 두려워졌다고 해야 할까?

당신 입에서 처음으로 '힘들다'는 말이 나온 것도
아마 그즈음이었을 거다. 그런데 나는 이해할 수 없었다.
도대체 뭐가 힘들다는 건지,

힘든 사람은 난데 왜 당신이 그런 말을 하는지,
더구나 당신을 힘들게 하는 사람이 '나'라고 말하는 걸
도무지 이해할 수 없었다. 난 잘하고 있는데, 난 이렇게 노력하는데.
그래서 '시간이 좀 필요하다'는 당신 앞에서
나는 서둘러 마지막을 말해버리고 말았다.

생각하고 말고…… 그게 무슨 소용 있어. 다 필요 없어. 아님,
그만두는 거지. 어차피, 다 그런 거잖아.

그렇게 말하고 돌아서는데,
당신의 마지막 말이 빗소리처럼 후드득 울려 퍼졌지.

너는…… 그렇게 자신 있어?

나는 '자신 있다'고 말하는 대신 뒤돌아보지 않고,
망설이지도 않고 도망치듯 앞만 보고 나와버렸다.
솔직히 그때는 그런 내가 좀 멋있어 보이기도 했고,
며칠 끙끙 앓고 나면 그만일 거라 생각했다.
그냥 독한 감기쯤 앓는 거라고 생각했다.
시간이 흐르면 자연스레 잊힐 거라고,
남겨지는 것보다는 먼저 떠나는 게 잊기 쉬울 거라고 생각했다.

그런데 당신이 내게 마지막으로 했던 그 말,
'자신 있어?'라고 되물었던 말은 꼭, 당신이,
내게 걸어 놓은 마법의 저주 같다.
날 이후 시시때때로 날 괴롭히는……

완전히 잊을 수도 없게, 그렇다고 다시 돌아갈 수 없게 만든
그런 마법 같은.
하긴 이제 와서 누굴 탓하랴. 솔직하지 못했던 나,
바로 나 때문인걸.

비가 계속 내릴 모양이다.
그 사람도 지금 어디서 이 빗소리를 듣고 있겠지.

나는 그의 마음을 확신하지 못해서 떠난 거였는데,
그런 거라고 생각했는데 확신하지 못한 것은
결국, 내 마음이었던 것 같다.

도마뱀

벌써 보름째. 당신에게선 연락이 없다.

퇴근 길, 우연히 지하철에서 신문을 보다가 도마뱀에 관한 기사를 봤어.
지구 온난화로 도마뱀이 멸종 위기에 처했다는 내용이었는데, 도마뱀은
변온동물이라 체온을 높이려면 햇볕을 쬐어야 하는데,
기온이 너무 높아지면 그늘로 피해야 하기 때문에 먹이 사냥을
할 수가 없다는 거야. 그래서 전 세계에 서식하는 도마뱀 가운데
이미 5퍼센트가량이 멸종했고, 앞으로도 점점 그 숫자가 줄어들 거래.
내가 이렇게 말하면, 아마도 당신은 팔짱을 낀 채 심드렁한 표정으로
이렇게 대답하겠지?

지구 온난화 때문에 피해를 보는 게 도마뱀뿐이겠어?

그래, 당신 말이 맞아. 그런데 내가 난데없이 도마뱀 얘기를 하고 싶었던
건 예전에 당신에게서 들었던 말이 생각나서였을 거야.
기억나? 우리 대공원에 갔을 때, 식물원 벤치에 기대앉은 당신이
"도마뱀은 생명의 위협을 느끼는 순간, 스스로 꼬리를 자르고
도망간다"는 얘기를 들려준걸. 그 말을 듣고, 내 입에서 처음으로
튀어나온 말은 아프겠다……

그래, 이 네 글자였어.

아.프.겠.다.

그날 밤, 나는 가스레인지에 커피 끓일 물을 올려놓으려다
갑자기 그 얘기가 생각나서 컴퓨터 앞에 앉아 도마뱀 꼬리를 검색해
보았어. 한 사람이 이런 질문을 올려놨더라.

도마뱀이 꼬리를 자르고 도망갈 때 아플까요?

그 사람, 아마 나랑 똑같은 생각을 했었나 봐.
그랬더니 누군가 이렇게 대답했어.

IQ가 낮은 동물들은 슬픔, 기쁨, 아픔의 감정이 없다고 합니다.
도마뱀의 IQ가 얼마인지는 모르지만, 어차피 살기 위한 수단이기 때문에
아픔을 느끼지 못하지 않을까요?

그런데 그 밑에, 정말 내 맘을 아프게 했던 댓글 하나.

글쎄요, 저는 도마뱀이 아니라서 잘 모르겠군요.

그래, 도마뱀이 아니고서야 그 아픔을 감히 상상이나 할 수 있겠어?
당사자가 아니고서는, 그 누구도 다른 사람의 아픔이나 슬픔을
가늠할 수 없을 테니까.

사랑이 뭔지, 이별이 뭔지, 또 인생이 뭔지.
그나마 어느 정도 알 만한 나이에 당신을 만나서 참 다행이라고

생각했어. 너무 빠르지도, 그렇다고 너무 늦지도 않게
당신이란 사람을 만나서 말이야.
서툴게 상처를 주지 않아도 되었고, 조바심낼 필요도 없었던.
설렘이나 떨림보다는 편안함으로 기댈 수 있어서 좋았나 봐.
그렇다고 이별이 쉬웠던 건 아닌 것 같아.
생각해보면 우린 둘 다 서로의 밑바닥은 절대로 보이지 않았잖아.
어쩜 밑바닥을 보이기 전에 스스로 꼬리를 잘라버렸는지도 모르지.
도마뱀이 스스로 꼬리를 자르는 건 목숨을 걸고 하는 일인데,
당신과 나는 그저 좀 더 편하고 싶어서, 좀 더 나아보이고 싶어서,
더는 복잡해지는 것을 원치 않아서였다는 걸, 이제 와서 고백할게.

먼저 숨은 건 나였고, 그다음에는 당신이었고,
그러곤 우리 둘 다 굳이 안 좋은 모습을 보이면서
'헤어지자' '이쯤에서 그만 만나자'라고 말할 필요가 없었던 거야.
차츰차츰 연락이 뜸해지고, 그렇게 서로에게서 멀어지고,
그러다 세월이 흐르며 잊히는 거겠지.
마치 예정된 이별의 수순처럼.
울고불고하지 않아서 좋긴 한데, 이대로 당신한테 잊히는 건……
아무래도 좀 두렵다.

당신과 나의 이별이 슬펐던 건,
우리 둘 다, 전부를 걸지 않았기 때문인지도 몰라.

당신과 나의 이별이 슬펐던 건,
우리 둘 다, 전부는 걸지 않았기 때문인지도 몰라.

실연

있잖아, 실연이라는 말. 난 그 말이 슬프면서도 참 예쁜 것 같아.

놀란 눈으로, 네가 나를 돌아다본다.

한자로 잃을 실失에 사모할 연戀을 쓰잖아. 사모하고 그리워하고
사랑하는 어떤 인연을 잃는 것. 슬프지만 예쁘잖아. 물론 '실연당하다',
이럼 무슨 피해를 본 것처럼 그 느낌이 확 달라지지만 말이야.

이해할 수 없다는 듯, 아니 딱히 와 닿지 않는다는 듯,
너는 가만히 고개를 흔들고, 다시 읽고 있던 책으로 눈을 돌린다.
나는 잠시 동안 그런 너를 바라보다가 얼음이 다 녹아서 맛이 밍밍해진
자몽주스를 한 모금 마신 후 이어폰을 귀에 꽂고 창밖을 내다본다.
이어폰에서는 벌써 일곱 번째 같은 노래가 흐르고 있다.

밖이 잘 내려다보이는 2층 카페, 솔직히 그 집 커피 맛은
정말 별로였는데, 그리고 아르바이트생도 되게 불친절했는데
단지 널찍한 그 창가 자리가 좋아서 우린 시간이 날 때마다
그곳에 머무르곤 했었다. 넌 책을 읽거나 숙제를 하고,
난 음악을 듣거나 창밖으로 사람들을 구경하고.

그렇게 시간을 보내다가 해질 무렵 너의 손을 잡고 카페 문을 나설 때,
너의 등 뒤로 노랗게 노을이 묻드는 걸 바라보는 일……
난, 그 순간, 그 느낌이 참 좋았었다.
그렇게 너와 내가 '우리'라는 이름으로 함께했던 어느 날엔가,
난 이런 말을 했다.

있지, 혹시라도 만약에…… 어찌어찌해서 우리가 헤어지면
다른 사람들처럼 헤어졌다, 이별했다, 깨졌다…… 그러지 말고,
그냥 우린 실연했다. 이렇게 얘기하자.

누군가 너에 대해 물어오면, 난 이렇게 대답할 생각이었다.
비 온 뒤에 만난 한 줄기 바람 같은 사람, 나한테 너는 그런 사람이었다.
우리는 둘 다 비슷한 시기에 인연을 잃었고, 잠시 방황했고,
그래서 위로받고 기댈 수 있는 누군가가 필요하다고 생각했던
바로 그 타이밍에 문득 옆을 돌아보니 서로가 거기에 있었다.
처음엔 좋았다. 뭐든 다 이해받을 수 있을 것 같았고,
너의 모든 걸 다 이해할 수 있을 것 같았다.
너의 그 사람 얘기, 나의 그 사람 얘기 같은 것도 서로 숨기지 않았다.
힘들면 힘들다, 아프면 아프다 다 털어놓는 사이.
모든 상처를 감싸 안을 수 있는, 서로에게 감사하는 그런 사이였다.

그 알맞은 균형이 깨지기 시작한 건, 어느 날 우연히
너와 너의 그 사람이 함께 있는 모습을 보게 되면서였던 것 같다.
'왜 만났느냐'고 묻지도 않은 내게 넌 당황한 눈빛으로
"나한테 할 말이 있어서 왔대"라고 했고,
'무슨 할 말'이냐고 따져 묻지도 않은 내게 넌 고개를 떨어뜨리면서

———— 이렇게 말했다.

나랑, 다시 시작하고 싶대.

차마 '괜찮다'고는 말하지 못하고,
그냥 '너 하고 싶은 대로 하라'고 말하고 돌아서는데,
노을이 물드는 서쪽 하늘 너머로 바람이 불더라.
비가 그친 뒤 불어오는 바람이라 훨씬 가볍고 투명한 느낌이었는데,
언제 또다시 비구름을 몰고 올지 모르니
마음 놓고 완전히 믿지는 말자고 생각했다.
아마도 그 순간, 나는 우리가 서두르지 않고
조금 더 준비가 된 가운데, 조금 더 편안해졌을 때,
바로 그때, 만났다면 어땠을까? 하는
후회를 했던 것 같다.

바람이 머물 듯,
고마운 인연 하나가,
내 곁에 잠시 머물러준 것,
그걸로도 충분해.

꽃을 닮은,
그런 사람

언젠가 너를 기다리던 오후에 어느 소설가의 에세이를 읽은 적이 있어.
계절은 봄에서 여름으로, 속도를 내고 있었던 것 같아.
꽃잎이 진 자리에서 나뭇잎은 점점 푸르게 짙어져만 갔으니까.

북 카페에 꽂혀 있는 책 중에서, 하필이면 우연히 그 책을 펼쳐 들었는데,
책 속의 그녀는 단 한 번도 어머니 가슴에 꽃을 달아준 적이 없다고 했어.
그녀가 소녀였을 때, 그녀가 살던 고향 마을 뒷산에는 봄이면 지천으로
진달래가 피었대. 하루는 진달래를 꺾어다 소주병에 꽂아두었는데
기름병으로 써야 할 것에 꽃을 꽂았다고 그녀의 어머니는 꽃을 마루에
던져버렸다는 거야. 그때부터 그녀는 이렇게 생각하게 되었대.

아, 울 엄마는 꽃보다 기름이 더 좋은가 보구나. 엄마에겐 아름답고
예쁜 것보다 먹는 게 더 중요하구나.

그런데 아주 많은 시간이 흐른 뒤에 알게 되었대.
그녀가 어른이 된 어느 날, 고향집에 내려갔다가 장롱 위에 곱게 놓인
상자를 발견했는데, 그 속에는 어머니가 손수 마련해놓은 고운 빛깔의
수의가 담겨 있었대. 그리고 그녀의 어머니는 뺨이 발그레한 처녀의
얼굴이 되어 이렇게 말했대.

이거 봐라, 참 곱고 아름답지?

근데, 정말 이상한 게 뭔지 알아?
그날 그녀는 어머니의 입에서 '아름답다'는 말이 나온 걸 처음
들었다는 거야. 그리고 어느 날 연꽃을 바라보는 어머니의
가느다란 눈빛에서 어머니가 연약하고 흔들리는 존재였다는 사실을
처음으로 알게 되었다는 가슴 찡한 고백을 하더라.

이제 와서 갑자기 너에게 이 얘기를 왜 하는지 궁금하다고?
글쎄 뭐라고 해야 할까? 음, 너에게 이 얘길 하고 싶었던 건……
그래, 더는 나에게 미안해하지 않아도 된다는 말, 그 말이 하고 싶었어.
왜냐하면 나는 한 번도 솔직하게 말한 적이 없었고,
그래서 너는 몰랐을 테니까. 하긴 그게 누구 한 사람만의 잘못이겠어.
나는 꽃을 좋아하면서도 꽃을 좋아한다고 말한 적 없었고,
그러다 보니 너는 당연히 내가 꽃을 좋아하지 않나 보다 생각했을 거야.
그렇다고 해서 네가 나를 사랑하지 않았던 건 아닌데.
내가 좀 오만했었나 봐. 사랑한다면, 드러나지 않은 상대의
마음까지 헤아리는 게 당연한 거라고 생각했거든.
맞아. 난, 늘 전제를 달았어.

사랑한다면, 정말로 사랑한다면,
그래야 한다고, 그럴 수 있어야 한다고.

그런 내가…… 당연히 버거웠겠지?
그런데 솔직히 우리의 이별은 너무나 갑작스러웠어.
우리가 만난 1년이 넘는 시간 동안 너는 단 한 번도

내게 보여준 적이 없었던 싸늘한 눈빛과 단호한 말투로
마지막을 말했잖아.

있잖아, 네가 원하는 사람…… 아무래도 난 그런 사람이 아닌 것 같아.
아니, 될 수 없을 것 같아.

점점 내게서 멀어지는 널 바라보면서, 혼자 남겨진 나는 중얼거렸어.

그래, 어차피, 이럴 줄 알았어.

물론 널 원망한 적도 많았어. 이해하지 못하면서 이해하는 척,
진심으로 받아들이지 못하면서 받아들인 척. 그런 건 처음부터
안 했으면 좋겠다고 생각했으니까.
아직까지는 너를 보는 일이 힘들고,
아직까지는 너를 생각하는 일이 좀 아픈데,
시간이 좀 더 흐르고, 내가 좀 더 괜찮은 사람이 되면,
그때는 이 말을 꼭 해주고 싶어.

내가 더 많이 미안하니까…… 미안해하지 말라고.
내 말, 무슨 뜻인지 알겠어?

이별의 상처까지도 아름답게 품고 싶었던,
꽃을 닮은, 그런 사람.

손잡고 딱 한 걸음 떨어져서
바라보는 당신의 뒷모습

두 달 만이었다.
언제부턴가 날짜 세는 걸 멈췄으니 정확히 며칠 만이라고 말할 순 없지만,
두 달 정도, 아니 어쩌면 그보다 조금 더 된 것도 같다.
이렇게 우리가 마주 앉은 것이, 그리고 당신이 다시 연락을 해온 것이.
지금 당신은 내 앞에 앉아 있다. 그리고 말한다.

편안해 보인다.

당신은 말했고, 난 대답했다.

으응, 좋아.

굳이 그렇게까지 말할 필요는 없었을 텐데,
나는 힘주어 '좋다'고 말하고 서둘러 물 한 모금을 들이킨다.
나는 당신의 눈을 바로 보지 못하고,
당신의 어깨너머 어디쯤 시선을 두고 있기로 한다.
당신은 얼음으로 가득 찬 묵직한 잔을 내려놓으며 다시 한 번 말한다.

편안해 보여서…… 다행이야.

그 말이 어쩐지 당신은 '힘들었다'는 고백처럼 들려와 꼿꼿했던 마음이
흔들릴 것만 같다. 그 순간, 정말로 내 눈빛이 흔들렸던가?
나는 다시 편안하다는 뜻으로 가만히 고개를 끄덕인다.
아마, 당신이 그 말을 다시 했다면, 나는 사실대로 내 마음을
고백했을지도 모른다.
실은, 힘들었다고…… 많이 힘들었는데, 이제 조금 나아진 거라고
말했을 것이다. 하지만 그냥 여기, 가만히 내려놓기로 한다.

특별히 싸운 것도, 그렇다고 무슨 대단히 큰일이 있었던 것도 아닌데
당신과 마지막 전화 통화를 하는 내내 알 수 없는 답답함과 서러움이
밀려왔다. 나는 당신에게, 당신은 나에게, 우리가 서로에게 조금씩
지쳐간다고 생각했지만, 그 사실을 순순히 인정하고 받아들이기가
힘들었던 것 같다. 그때마다 나는 생각했다. 이 지루한 싸움을
언제쯤 끝낼 수 있을까, 끝낼 수 있기는 할까?
그러다가 무슨 말끝엔가, 당신이 말했다. 아주 담담하고 차분하게.

다음에 얘기하자. 지금은 내가 뭐라고 할 말이 없다.

다음에, 나중에……
이런 말들이 상대를 얼마나 숨 막히게 하는지, 당신은 알기나 할까?
그렇게 전화를 끊고 나는, 거의 매일, 당신의 전화를 기다렸다.
당신이 말한 다음이란 게, 그 나중이란 게, 당장 오늘이 될 수도 있고,
바로 지금이 될 수도 있으니까.
나는 그렇게 그 시간을 견뎠다.
더러는 당신을 미워하고 원망하면서, 또 더러는 당신을 기다리면서.

한참 동안 물끄러미 나를 바라보기만 하던 당신이 자세를 고쳐 앉는다.
당신 입에서 어떤 말이 나올까, 나는 슬며시 두려워진다.
나는 일부러 시선을 피해 창밖을 내다본다.
주머니에 손을 넣고 묵묵히 걸어가는 사람, 누군가와 통화를 하며
바삐 걸어가는 사람, 누군가를 기다리는 사람……
사람들이 한꺼번에 쏟아져 나오는 지하철 입구를 물끄러미 바라본다.
그 순간, 당신이 내 이름을 부른다. 그리고 천천히 말을 시작한다.

처음부터 다시 시작하자는 말은 못하겠고, 이렇게 끝내지도 못하겠어.
지금처럼만 있어주면 좋겠는데…… 그래 주지 않을래?

나는, 그 말이 꼭 당신답다고 생각했다.
그래서 자꾸 웃음이 나려는 걸, 아닌 척,
가만히 고개를 끄덕이고 그제야 당신의 눈을 제대로 바라본다.
그 순간 나는 당신과 내가 서로 눈을 맞추고, 이렇게 아무 말 하지 않고도
가만히 서로를 바라볼 때 비로소 내 마음이 편안해진다는 것을
당신도 알아줬으면 좋겠다고 생각한다.
카페를 나서면서 당신은 내 손을 가만히 잡는다.
당신의 손을 잡고 걸으면 내 왼쪽 뺨이
당신의 오른쪽 어깨에 닿을 때가 있는데,
나는 이렇게 손을 잡고 딱 한 걸음 떨어져서 바라보는
당신의 뒷모습이 참 좋다.

사랑은 나를 아프게도 하고,

나를 성장하게도 한다.

나는
아직도 너를 앓는다

너, 그거 알아? 봄 햇살이 유난히 힘겨운 사람들이 있대.
살랑거리는 초여름의 연둣빛 바람도 어떤 사람들에겐 슬픔처럼
느껴진다는 거야. 그래서 이맘때면 시름시름 앓기도 한대.

처음에 너는 내 말을 믿지 않는 눈치였다. 미간을 잔뜩 찌푸리고
나를 돌아다봤으니까. 그 순간, 통유리로 쏟아져 들어오는 햇살에
나는 멀미가 날 지경이었고, 햇살이 너무 눈부셔서
너의 모습은 희미했다. 처음에는 우리 둘뿐이던 버스 정류장에
하나 둘 사람들이 모여들었고 내 목소리는 점점 커졌다.

'봄을 탄다'고도 하고, '봄 앓이'라고 그러기도 하잖아.
아무튼 기온이 올라가고 낮의 길이가 길어지면 우리 몸에 변화가
생기는데 우리 마음이 거기에 적응하지 못하기 때문에 생기는 거래.

그날, 우리의 대화는 거기까지였다.
때마침 기다리던 버스가 오기도 했고, 무엇보다 네가 그 얘기를
그다지 흥미 없어 했잖아. '누가 뭐래도 봄이 제일 좋다'는 말로
넌 아주 간단히 결론을 내버렸으니까.

그래, 생각난다. 너는 사계절 중에서 봄을 제일 좋아했었지?
넌 4월에 태어난 양자리였고, 동아리 방에서 우리가 처음 만난 것도
3월의 어느 날이었으니 그 역시 봄이었고,
친구로 지내던 우리가 연인이 된 것도 그다음 해 어느 봄날이었지?
그리고 우리가 영영 서로에게 불편한 사람이 되어버린 것도
하필이면 꽃비가 내리던 중앙도서관 앞 벤치였네.
넌, 아직도, 봄을 좋아할까?

사실, 그날 내가 하려던 말은 어떤 사람에 관한 이야기였어.
그때 말한 것처럼 어떤 사람이 해마다 봄이 오면 아무런 이유도 없이
시름시름 앓곤 했대. 병원에 가서 진찰을 받아도 별다른 이상을 발견하지
못했고, 도무지 이유를 찾을 수 없었다는 거야. 그러다가 아주 우연한
기회에 알게 됐대. 그 사람이 초등학교 1학년 때였나?
갑자기 아버지가 돌아가셨는데, 솔직히 여덟 살짜리 꼬마가 뭘 알겠어.
어머니가 자기를 껴안고 오열하시던 모습, 아버지의 영정 사진,
뭐 그런 것들만 드문드문 기억이 나고 워낙 오래전 일이라
특별히 북받치게 슬픈 감정은 없었다는데 그 사람의 몸과 마음은
그 모든 걸 기억하고 있었나 봐. 그래서 아버지 기일 즈음이면
온몸 여기저기가 아프고 힘들었던 것 같다고 하더라.
신기한 건 원인을 찾은 후부터는 그럭저럭 견딜 만하더래.
사람 마음이라는 게, 기억이라는 게, 이렇게 얄궂다.

너를 사랑하게 된 봄, 너를 참 많이 사랑했던 여름,
너를 사랑하는 내 마음 때문에 조금 힘들었던 가을,
그리고 우리 둘 다 조금씩 지쳐갔던 겨울이 지나고
다시 봄이 찾아왔을 때.

우린 다시 안 볼 사람들처럼
서로에게 상처가 될 말들만 골라서 내뱉었지.
그러고 나면 한동안 아무것도 할 수 없을 정도로 힘이 들었는데,
그마저도 적응된 건지 어느 순간에는 마치 아무 일도 없다는 듯
놀라울 정도로 냉정을 찾게 되더라.
그건 너 역시도 마찬가지였나 봐.
어느 날, 넌 갑자기 도서관 앞으로 나를 불러냈지.
넌 약간 술에 취해 있었는데, 날 보자마자 불쑥 '힘드냐'고 물어왔어.
나는 '너 때문에 힘들다'고 말하려던 참이었는데 네가 먼저 그러더라.

너 힘든 거, 나 때문인 거 알아. 근데, 나도 너 때문에 힘들다.

그때, 내가 좀 울었던가?
벚꽃이 만개했던 캠퍼스의 밤은 아름다웠고,
달빛 아래서 벚꽃은 유난히 화사했고,
손을 잡고 꽃구경을 나온 사람들은 저마다 즐겁고 행복해 보였는데……
그날, 우리 두 사람만 슬펐어.

이맘때면, 나는 너를 앓듯
이렇게 조금 아프고, 이렇게 조금 힘이 든다.

그 여자 이야기,
그 남자 이야기

그 여자 이야기

그날, 그를 만난 건 한적한 골목길, 테라스가 예쁜 어느 카페에서였다.
그에게 먼저 전화를 한 것도 나였고, '잠깐 볼 수 있느냐'고 물어본 것도
내가 먼저였다. 그는 마치 그 사람처럼 골똘히 생각한 끝에 대답했다.

그러자, 어디야? 내가 그쪽으로 갈게.

여행을 마치고 돌아온 그는 전보다 검게 그을려 있었고,
어딘가 조금 야위어 보였다.

잘 다녀왔어? 여행, 좋았나 보네.
그냥, 뭐…… 너는 어때? 잘 지냈어?

그가 미처 깎지 못한 수염을 매만지면서 내 안부를 물어온다.

으응, 조금 바쁘게 지냈어. 저기, 있잖아……
광고회사에서 제법 잘 나가는 아트 디렉터인 한 남자가
갑자기 여행을 떠나기로 결심했대. 당신처럼.

근데 몇 박 며칠, 그렇게 짧게 다녀오는 여행 말고
한곳에 오래 머무르는 여행을 결심하고,
집이며 차며 가구 등을 모두 처분하고 떠났다가
낯설었던 그곳의 바람과 햇살과 사람들에게 익숙해질 때쯤
그곳을 떠나 원래 있던 곳으로 돌아오곤 했대.
자신의 모습을 완전히 잃어버리기 전에.
그런데 이상한 건 훌훌 털고 떠나야 할 여행지에서,
발에 걸려 한 번씩 넘어질 때가 있었대.

내가 거기까지 말했을 때, 당신은 안경 너머로 나를 바라보고 있었다.
당신은 안경이 참 잘 어울리는 착한 눈을 가졌다.

계속해봐. 그래서?
한 번은 파키스탄으로 여행을 갔다가 한 소년과 친구가 됐대.
거의 매일 그 소년의 집에서 함께 놀며 친해졌는데,
그러다가 정이 들었나 봐. 그것도 아주 깊게.
작별 인사를 하지 못할 정도로 마음이 아픈 그런 사이.
급기야 떠나는 날에 어린아이처럼 엉엉 울었대.
누가, 누군가에게 마음을 준다는 건 그렇게 슬픈 건가 봐.
그 사람이 그러더라. 한 번 준 마음은 되돌려받기 어려우니까,
그 마음이 사라질 때까지 기다려야 한다고.

그녀는, 지금, '힘들다'고 말하고 있다.
그녀는 지금 그에게 '시간을 달라'고 말하고 있다.

내 마음을 돌려받을 시간.

그 남자 이야기

그녀에게 전화가 걸려온 건 여행에서 돌아와 죽은 듯이
열아홉 시간을 자고 일어나 짐 정리를 하고 있을 때였다.
옷가지와 카메라, 노트북, 몇 권의 책들……
가방 속 짐은 의외로 단출했다.
커튼을 젖히고 창문을 열자 적당히 포근한 바람이 불어온다.
눈앞에 펼쳐진 익숙한 골목 풍경.
나는 그제야 다시 제자리로 돌아온 게 실감 났다.

나야.

담담한 척했지만, 수화기 너머 그녀의 목소리는 가늘게 떨리고 있었다.

지금 좀 볼 수 있어?
그러자, 어디야? 내가 그쪽으로 갈게.

택시를 타고 가는 내내 나는 그녀의 얼굴을 떠올렸다.
내가 여행을 떠날 즈음, 그녀와 나, 우리 두 사람은 심각할 정도로
지쳐 있었고, 몇 번의 어긋남을 반복한 끝에 잠시 떨어져 있기로 했다.
계절은 벌써 여름을 향해 흘러가고, 세상은 하루가 다르게 돌아가는데
여전히 변하지 않은 채 지난 시간 속에 머물러 있는 것은
우리 두 사람뿐이었다. 지금 내 앞에 앉은 그녀는 얼음 하나를
사탕처럼 입에 물고, 얼음이 녹기를 기다렸다가 무슨 대단한 결심이라도
한 듯 자세를 고쳐 앉는다. 그리고 말한다.

저기, 있잖아…….

그녀는 나처럼, 어느 날 갑자기 여행을 떠났다는 남자에 대해
말하고 있다. 나는 턱을 괴고 있던 손을 가만히 무릎 위에 내려놓는다.
말을 하다 말고, 그녀가 가만히 내 눈을 바라본다.
그녀의 착한 눈은 거짓말을 못한다. 그녀는 지금 떨고 있다.
그녀의 흔들리는 눈빛에, 나는 서둘러 고개를 끄덕이고 그녀를 재촉한다.

계속해봐. 그래서?
한 번 준 마음은 되돌려받기 어려우니까,
그 마음이 사라질 때까지 기다려야 하는 거래.

떠나 있는 동안, 실은 사무치게 그립다거나 참을 수 없을 만큼
힘들지는 않았다. 그렇다고 해서 아프지 않은 건 아니었다.
아팠다.
분명, 아팠지만……
어느 순간, 여행이 일상으로 느껴진 것처럼 잠시 거기에 머물다 보니
아픔도 일상이 된 듯 조금 무뎌진 것뿐이었다.

누가, 누구에게 마음을 주는 일이 사랑이라면,
그 마음이 사라질 때까지 기다리는 일이
아마도 이별인가보다.

Part 2

너와 헤어지고, 나는 아무것도 하지 않았다.

소리 내 울지도 않았고, 누구한테 힘들다는 말을 하지도 않았다.

그냥 처음 며칠은 실감이 나지 않아서 늘 하던 대로 밥을 먹었고,

늘 하던 대로 수업을 들었고, 그 다음에는 조금 멍한 기분이었던 것 같다.

물론, 네 생각이 나기도 했다. 그렇다고 생각하지 않으려고 애쓰지도 않았다.

생각나면 생각나는 대로, 입 꾹 다물고, 조용히 지나가주기를 기다렸다.

그렇다고 해서 나한테 이별이 쉬웠던 건 아니다.

이별이 익숙한 것도 더더욱 아니었고,

내가 너를 많이 사랑하지 않기 때문이거나,

혹은 우리의 사랑이 그만큼 절실하지 않았기 때문도 아니라고

언젠가는 꼭 말해주고 싶었다.

오래된 기억

오래된 기억을 꺼내보는 일은 따뜻하기도 하고 불편하기도 하다.
불쑥 이런 생각이 든 것은 아마도 명동에 있는 한 극장이 76년 만에
문을 닫게 됐다는 소식을 인터넷에서 본 직후였을 것이다.
그곳에서 나는 두세 편의 영화를 혼자 본 적이 있다.
한 번은 근처를 지나다가 우연히 마주친 영화 포스터에 끌려서,
다른 한 번은 약속 시각까지 시간이 애매하게 남아서,
그리고 나머지 한 번은 정확히 기억나지 않지만 앞의 이유와 별반 다르지
않았던 것 같다. 그곳에서 영화를 보고 나왔는데 비가 주룩주룩 내려
한참을 극장 앞에서 하늘만 올려다본 적도 있었다.
결국 비를 맞은 채 지하철역까지 허둥지둥 뛰어갔던 기억이 있는 곳.
그런 극장이 문을 닫는단다.
결국 그렇게 됐구나. 갑자기 코끝이 아릿해지고 재채기가 날 것만 같다.

돌이켜보니 당신과 나는 참 열심히도 영화를 보러 다녔다.
특별히 영화를 좋아해서라기보다는 영화가 시작되기를 기다릴 때의
설렘, 나란히 손을 잡거나 당신의 어깨에 기대어 영화를 볼 때의 따뜻함,
엔딩 크레디트가 올라가고 불이 켜질 때의 아쉬움.
어쩌면 나는 우리가 함께하는 그 시간을 영화보다 더 좋아했던 것 같다.

보통의 연인들이 그러하듯 한때 나는 우리가 만나는 일이
한 편의 로맨틱 코미디 영화처럼 달콤하다고 생각했었다.
당신이 "후배가 있는데, 걔가……"라고 말하면 난 대번에
"아, 대학 후배이자 직장 후배라는 그 사람?",
당신이 "오랜만에 만난 친구와 회사 앞에서 저녁 먹고 있어"라고 말하면,
"아, 며칠 전에 우연히 지하철에서 만나서 연락처를 주고받았다는
그 친구"라는 식으로 알 수 있었다. 굳이 당신이 처음부터 끝까지
차근차근 설명하고 뭔가를 덧붙이지 않아도 알아차릴 수 있는 사이.
당신이 말하는 후배나 친구가 늘 같은 사람은 아니었을 텐데
당신과 내 머릿속에 동시에 똑같은 그림이 그려진다는 건
사랑이 아니고서는 도저히 불가능한 일이라고 나는 확신했었다.
그 모든 것이 신기하고 참 좋았었다. 당신은 어땠는지 모르지만…….

어느 날엔가, 당신과 나는 늘 그렇듯이 영화 한 편을 보고
극장을 빠져나오는 길이었다.
영화는 사소한 오해로 인해, 그러나 결코 사소하지 않은
어떤 사건에 휩쓸리면서 서로를 믿지 못하게 되고,
결국 서로에게 등을 보이고 마는 한 남자와 한 여자의 이야기였다.
나는 그들의 반복된 엇갈림에
너무 화가 나서 어린아이처럼 이렇게 투덜거렸다.

아무리 영화라지만, 너무하는 거 아니야. 어떻게 저럴 수 있어?
서로를 믿지 못한다는 건 너무 잔인한 일이야.

그러자 당신이 그랬다.

사람들은 결국 변해. 어떻게든…….

생각해보면 꼭 그날만은 아니었던 것 같다.
당신은 종종 아주 무심한 표정이 되어서 그렇게 말하곤 했으니까.

나, 너무 믿지 마. 나, 그렇게 좋은 사람 아니야.
응? 뭐라고?

내가 다시 한 번 되물으면 당신은 씁쓸하게 웃으면서,
그러나 또박또박 힘을 주어 나에게 확인시켜주었다.
자신은 절대 좋은 사람이 아니라고, 그러니 너무 믿지 말라고.
그때마다 대수롭지 않게 웃어넘기곤 했던 당신의 그 말은
마치 영화평론가가 매긴 별점 영화평이나
매너 없는 관객이 흘리는 스포일러와도 같았다.
나는 이만큼 못된 사람이고, 이 정도로 좋지 않은 사람이니까
크게 기대하지 마, 그러니 너무 잘해주지 마……
뭐, 이런 거로만 생각했었다.

근데, 그거 알아?
굳이 그럴 필요는 없었어.
당신 말대로 어차피 그렇게 될 일이었다면 말이야.

오래된 기억을 꺼내보는 일은 따뜻하기도 하고,
이렇게 불편하기도 하다.

오래된 기억을 꺼내보는 일은 따뜻하기도 하고,
이렇게 불편하기도 하다.

사랑이 끝났다고 해서
사랑했던 마음마저 지운 건 아니야

책상을 정리하고, 스탠드를 끄고, 창문은 조금 열어둔 채로
나는 막 자려던 참이었는데 전화벨이 울리더라.
바로 너였어.
그래, 왠지 너일 것만 같더라.
솔직히 받을까, 말까 고민했어.
시간도 늦었고, 딱히 무슨 말을 해야 하나
뭐, 그런 생각을 잠깐 했던 것 같아.

여보세요?

뻔히 너인 거 알면서, 나는 굳이 "여보세요"라고 말했지.
그런데 너의 목소리, 다른 때와는 왠지 좀 다른 것 같았어.
넌 늘 그렇듯이 "잘 지내느냐"는 말로 내 안부를 묻고,
"밥은 잘 먹고 다니느냐"는 말로 내 걱정을 했어.
그리고 잠시 또 어색한 침묵.
그 순간, 너와 난 무슨 생각을 했던 걸까?
내가 "어디냐"고 물으니 네가 그러더라.
집에 가는 길이라고,
걸어가고 있는데 이제 거의 다 와 간다고.

그래, 수화기 너머로 터덜터덜 너의 발소리가 들려왔어.
왼손잡이인 너는, 아마 오른손은 바짓주머니에 찔러 넣고
왼손으로 휴대전화를 들고 있겠지?
담배는 끊었다고 했지만, 어쩌면 담배 한 모금을 한숨에 실어
길게 내뱉고 있을지도 모른다는 생각이 들었어.
해도 그만, 안 해도 그만인 날씨 이야기.
우리가 헤어짐과 동시에 별 상관없는 사람이 되어버린,
그래서 이제는 알아도 그만, 몰라도 그만인
몇몇 지인들의 근황을 전하던
네가 갑자기, 말이 없다······
그즈음 너의 발소리도 멈춘 것 같다. 나는 물었어.

집에 들어간 거야?

너는 얕은 한숨을 내뱉으면서 말했어.

아니, 나, 실은······ 너희 집 근처야. 상가 옆 놀이터.

내가 "이 시간에 여긴 왜 왔느냐"는 말을 묻기도 전에
너는 서둘러 나를 안심시키고 사람 좋게 웃어 보인다.

어쩌다 보니 저절로 이리로 오게 됐어.
걱정 마. 여기서 딱 십 분만 있다 갈게.

예전 같았으면 화를 내거나, 아니면 이제 그만 자야겠다고,
피곤하다고 먼저 전화를 끊었을 텐데,

그날은 이상하게 그럴 수가 없더라.
왜냐하면 네 목소리, 좀, 슬퍼 보였거든.
그래서 내가 먼저 잠깐만 기다리면 얼른 나가겠다고 했는데,
너는 담담하게 그냥 가겠다고 하더라.
그 순간, 나는 네가 무엇 때문에 그렇게 슬픈지 알 것만 같아서
"무슨 일 있느냐"고, "많이 힘드냐"고 물어봤는데,
평소 같으면 "괜찮다"고 대답했을 네가 갑자기 그러더라.

응. 좀 힘드네.
착한 아들 되기…… 참 어렵다.

역시, 그랬던 거구나. 착한 아들 되기 참 어렵다는 너의 그 한마디에,
더는 설명하지 않아도 나는 너의 힘듦을 짐작할 수 있을 것 같았어.
우리 만나는 동안에도 너는 가끔 시무룩한 얼굴로 어머니가
많이 편찮으시다는 얘길 했었잖아.
언젠가 한 번은,
우리 같이 속옷 가게에 간 적이 있었지.
너희 어머니가 집에서 색이 바래거나, 목이 늘어난 티셔츠만 입고 있는 게
속상하다고, 그래서 예쁜 잠옷 하나 사드리고 싶다고
나더러 예쁜 옷 하나 골라달라고 했었잖아.
그때, 그런 네가, 참 듬직하고 어른스러워 보였는데.

어머니, 많이 편찮으셔? 그래서 속상한 거구나.
그래서 너 많이 힘들구나.

우리가 왜 헤어지게 됐는지, 이젠 생각도 잘 안 나.

보통의 연인들이 그러하듯, 싸우기도 하고,
잔뜩 화가 나서 며칠씩 연락을 끊은 적도 있고,
그러다 화해하고 다시 만나고······
그런 과정을 꽤 여러 번 반복했을 즈음,
우린 서로에게 좋은 모습으로 기억될 수 있을 때
예전의 자리로 돌아가자며,
서로의 등을 두들겨주며 안녕, 이별을 고했지.

지금, 네 옆에서 아무런 힘이 되어 주지 못해서 미안한데,
내가 해줄 수 있는 말이 고작 "기운 내"라는 말뿐이라서 더 미안한데,
그래도 너무 많이 힘들어하지는 않았으면 좋겠어.
내 방 창문에 기대 바라보는 너의 뒷모습은,
그날 따라······ 더 많이 아프더라.

사랑이 끝났다고 해서
사랑했던 마음마저 지워버린 건 아니야.

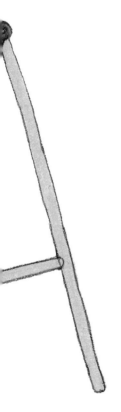

혼자서는 절대로 할 수 없는 일,
그게 사랑인가 봐

그가 처음 나에게 사랑을 말하던 날.
사랑하니까 앞으로 진지하게 만나보고 싶다고 했을 때,
나는 그 사람보다 더 진지한 표정으로 되물었었다.

나에 대한 확신이 있어요?

순간, 그는 다소 당황한 표정으로 나를 바라보다가
"사랑한다는 가장 확실한 감정 말고 어떤 확신이 더 필요한 거냐"고
물어왔다. 그런데 그 순간에도 나는 속으로 이런 생각을 했다.

거봐, 이럴 줄 알았어. 말 못 하잖아.

그날, 나는 그와 마주앉은 레스토랑의 불빛이 적당히 어두워
다행이라고 생각했다. 적어도 미세하게 떨리는 내 입술이나
흔들리는 눈빛 정도는 그에게 들키지 않고 감출 수 있다고 생각했으니까.
그래서인지 왠지 모를 안도감 같은 것이 느껴지기도 했다.
그러다가 나는 이렇게 말했다.

나는 아직 확신이 없어요. 당신에 대한 확신.

더 정확히 말하면, 우리 둘에 대한 확신.

그런데 나조차 이해할 수 없는 건 내가 말하는 그 확신이라는 게,
나조차 설명할 수 없는 모호한 의미였다는 것이다.
굳이 설명하자면, 사랑하는 마음이 처음 그대로 변하지 않을 거라는
약속, 먼저 떠나지 않겠다는 약속 정도라고 해두자.
어쨌거나 나는 누군가 사랑이란 이름으로 다가서려 할 때마다
몇 걸음 뒤로 물러서서 재차 그 마음을 확인하곤 했다.
그 마음이 얼마나 확고한 것인지,
그 마음에 얼마나 자신이 있는지에 대해서 말이다.
몇 번의 이별 끝에 내가 내린 결론은, 확신 없는 사랑은
처음부터 아예 시작하지 말아야 한다는 것이었다.

그날, 그와 나는 어색하게 인사를 나누고 헤어졌다.
집까지 바래다주겠다는 그를 가까스로 돌려보내고 나는,
조금 쓸쓸한 기분이 되었던 것 같다.
그 후로도 그에게서는 몇 번 더 연락이 왔고,
나는 몇 번 더 확신이 없다는 말로 그를 밀어냈지만,
결국…… 우린 연인이 되었다. 아주 잠깐.

내가 아주 잠깐이라고 말하는 것은 단지 그와 나의 연애 기간이
짧았기 때문은 아니었다. 나는 자꾸 확인하려 했고,
그는 보여줄 수 없는 마음을 답답해했다.
그랬다. 내가 꿈꾸는 사랑 안에서는, 그도, 나도
행복할 수 없었던 것이다.

그에게 마지막을 말하고 한참 시간이 흐른 어느 날.
나는 우연히 사하라 사막을 건너는 여행자들을 카메라에 담은
다큐멘터리를 보게 되었다. 사하라 사막에서 살아가는 유목민들이 쓰는
토속어에는 미래 시제가 없고 현재형만 있다는 이야기였다.
어차피 모래바람이 불면 순식간에 지형이 바뀌는 사막 한가운데서는
미래를 걱정하거나, 계획을 세우는 것 자체가 무의미하기 때문이었다.
33년 만에 다시 사하라 사막을 찾았다는 한 여행자는
확신에 찬 표정으로 이렇게 말했다.

서로의 어깨에 기대지 않으면 절대 사막을 건널 수 없습니다.
모래 위를 걸을 때에는 먼저 한쪽 발을 내민 뒤 지탱이 되었다고 느낄 때
다른 발도 같이 움직여야 합니다.
그게 사막 위를 건너는 유일한 방법입니다.

그 순간, 왜 가슴 한구석이 뜨끔했는지 모르겠다.
그리고 왜…… 조심스럽게, 그러나 진지하게 사랑을 말해오던
그가 떠올랐는지도 알 수 없었다.

혼자서 사막 위를 건널 수 없듯,
혼자서는 절대로 할 수 없는 일.
아마도 그게 사랑인가 봐요.

'아리바다'를 아시나요?

나는 그의 등 뒤에서 가만히 그의 이름을 부르는 걸 좋아했다.
내가 부르면 그가 천천히 돌아서면서 나를 바라보는데,
바로 그 각도에서 왠지 모를 편안함이 느껴졌기 때문이다.
그래서 나는 그를 가만히 불렀다. 선배~라고.

물론 살짝 다가가서 어깨를 톡톡 치거나,
가벼운 인기척으로 내가 여기 있다고,
내가 왔다고 알려줄 수도 있겠지만,
나는 너무 멀지도, 그렇다고 너무 가깝지도 않은 적당한 거리에서
그 사람만 들을 수 있게,
나지막이 그의 이름을 부르고 그가 나를 돌아보기를 기다렸다.
막상 그를 부르고, 그가 고개를 돌리면
무슨 말을 해야 할지 몰라 딴청을 피우거나, 빙긋 웃기만 했지만,
그래도 난 그게 좋았다.
내가 부르면 그 사람이 뒤를 돌아본다는 것이,
이렇게 나를 보고 웃는다는 게 참 좋았다.

아까, 내가 어디까지 얘기했죠?

돌이켜보면, 그의 앞에서 나는 참 많은 말들을 했다.
내가 알고 있는 것보다 조금 더,
혹은 내가 할 수 있는 말보다 조금 더 그에게 보여주고 싶었는지도
모르겠다. 그러면서도 정작 하고 싶은 말은 꿀꺽 삼켜버렸는데,
그러고 나면 꼭 체한 것처럼 가슴이 답답하고
명치끝이 따끔거리고 그랬었다.
그와 제법 친한 선후배 사이가 되어서 어느 정도
속의 말을 주고받을 수 있게 되었을 즈음,
나는 농담처럼 툭툭 이런 말을 던지곤 했었다.

가만 보면, 선배는 무슨 사연 있는 남자 같아요.

그때마다 그는 긍정도 부정도 하지 않은 채,
알 수 없는 쓸쓸한 미소를 지으며 뒤돌아섰다.
바로 그즈음에 나는 몇몇 사람들을 통해 선배의 이야기를 듣게 되었다.
그에게 참 많이 아끼고 사랑했던 한 여자가 있었는데 결국 헤어졌고,
헤어짐과 동시에 그녀는 유학을 떠났다고 했다.
그게 벌써 2년 전이라고 했다.
내게 그 얘기를 해준 어떤 사람은 안타깝다는 듯
그때 그가 그녀를 붙잡았다면, 그래서 그녀가 유학을 떠나지 않았다면,
지금쯤 두 사람은 여전히 예쁘게 사랑하고 있을지도 모른다는
말도 덧붙였다.

그는 내게 좀처럼 속내를 드러내지 않았고,
아직 마음에서 완전히 그녀를 보내지 못했다고 말한 적은 없었지만,
그 정도쯤은 나도 어렵지 않게 알 수 있었다.

그것은 내가 선배를 알기 전의 일이었고,
설사 내가 알았다고 해도 달라질 게 없는 과거의 일이라고 생각했던
나는 처음에는 그저 약간 샘이 났고,
그가 참 많이 아끼고 사랑했다는 그녀가 부러울 뿐이었다.
그래도 어쩐지 자꾸 시무룩해지는 내 마음까지는 나도 어쩔 수가 없었다.
그럴 때면 나는 혼잣말로 이렇게 중얼거리곤 했다.

선배한테 그런 사람이 있었구나. 참 좋았겠다. 그 사람.

그러던 어느 날엔가, 그가 나를 집까지 바래다준 적이 있다.
나란히 발을 맞춰 걷던 그가 갑자기 걸음을 멈추고 하늘을 올려보더니
불쑥 이런 말을 했다.

'아리바다'라고 들어봤어?

그를 따라 걸음을 멈춘 나는, 대답 대신에 가만히 고개를 저었고,
그와 나는 다시 나란히 앞을 보고 걷기 시작했다.

아리바다.
그것은 코스타리카에서 펼쳐지는 지구 상에서 가장 경이로운
바다거북이의 산란 현상이라고 했다. 해마다 일정한 시기가 되면
수만 마리의 바다거북이들이 마치 약속을 한 것처럼 알을 낳기 위해
고향을 찾아오는데, 그중에는 무려 4천 킬로미터를 헤엄쳐 오는
녀석들도 있다고 했다.
새끼 바다거북이들은 태어나자마자 먼 바다로 떠났다가
산란이 가능해지는 15년 혹은 20년이 지난 후 다시 고향에 돌아오는데,

그 시간 동안 살아남을 수 있는 확률은
겨우 3퍼센트이며,
다시 고향으로 돌아올 확률은
그보다 훨씬 더 낮다고 했다.
선배는 아리바다라는 말이
현지어로 '도착'이라는 뜻이라고
말해주었다.

도착이라……
그가 분명 도착이라고 말했는데,
나는 어쩐지 그 말이 '마지막 인사' 같았다.
3퍼센트의 확률,
어쩌면 그보다 더 낮은 확률이라고 해도,
돌아온다고만 하면,
아니, 혹시 돌아올지도 모르니까
그녀를 좀 더 기다려보겠다는 뜻으로
들렸기 때문이었다.

좋은 이별이란
없는 건가 봐

너와 함께여서 참 좋았던 어느 날,
우리 두 사람은 이런 약속을 했었다.
그날도 오늘처럼 하늘은 파랬고, 바람이 거의 불지 않던 날이었다.

어제는 미칠 것처럼 좋았다가도 오늘은 미칠 것처럼
지긋지긋해질 수 있는 게 사랑이래.
그러니까 더 이상 우리 만남이 무의미하다고 느껴지는
그런 순간이 오면…….

내가 여기까지 말했을 때, 너는 줄곧 팔짱을 끼고 있던 손을 풀고
내 앞에 바짝 다가섰다. 뭔가 마음에 들지 않을 때
너는 그런 표정으로 나를 보곤 했다.

아니, 그러니까 만에 하나, 만약에 우리에게도 그런 순간이 온다면
말이야. 서로를 위해서라도 꼭 말해주자. 꼭.

나는 약속하자는 뜻으로 새끼손가락을 내밀었는데,
너는 손가락을 거는 대신 내 손을 잡고 이렇게 말했다.

걱정하지 마. 우린 그럴 리 없어.

그 순간, 나는 "절대로 그럴 리 없다"고
내 눈을 보고 말해주던 네가 참 고마웠었다. 그리고 생각했다.
혹시라도 만에 하나 너와 헤어지게 된다면
가벼운 포옹을 나누고,
따뜻하게 악수를 하고,
속으로 하나, 둘, 셋을 센 다음 거의 동시에 뒤돌아서서 걸어가자고,
서로의 뒷모습이 완전히 사라지기 전에 한 번쯤 뒤를 돌아보며
서로의 행복을 빌어주자고,
꼭 그래 주자고……

내가 그래야겠다고 다짐했던 건 헤어진 후에도 한 번쯤
다시 만나고 싶은 사람으로 기억되고 싶다는 욕심 때문이었던 것 같다.
있잖아, 난 정말 그러고 싶었다.

그런데 불행하게도, 내가 말했던 우리 만남이 무의미하다고
느껴지는 순간은 생각보다 빨리 찾아왔다.
어쩐지 그날 나는 우리가 정말로 헤어질 것만 같았다.
그래서 일부러 더 아무렇지 않게 보이려고 애를 썼다.

왜냐하면 우려했던 일이 결국 현실이 되고,
절대로 일어나지 않을 거라고 믿었던 순간이 눈앞에 다가온다면,
나는 좀 더 침착하기로 했으니까, 그러기로 했으니까.

그러니까…… 그게, 언제부터였어?

너는 "왜 그러느냐"고, "무슨 일이냐"고 묻지 않고
"언제부터였느냐"고 물었다.
방금 나는, "너와 함께 있어도 외롭다"는 말을,
그래서 "차라리 혼자인 게 나을 것 같다"는 고백을 막 끝낸 참이었다.

너는 잠시 동안 뭔가를 골똘히 생각하는 것 같더니,
손을 들어 종업원에게 물 한 잔을 부탁했다.
그리곤 또 말이 없었다. 언제였는지 기억조차 희미한 어느 순간부터
우리 둘 사이에는 한숨이 늘었고, 서로를 바라보고 있는 듯했지만
마음은 다른 곳을 향해 있었다.
슬프게도 그것은, 굳이 말로 표현하지 않고도 알 수 있는 것이었다.
더는 할 말이 없다는 듯, 만약 그게 아니라면
지금 이 상황에서는 그 어떤 말도 의미 없다는 것을,
넌 이미 알아버렸던 것 같았다.
넌 아무 말도 하지 않고, 화를 내지도 않고,
그렇다고 나를 비난하지도 않았다.
그럴 줄 알았다는 듯 아랫입술을 깨물고, 그러다 뭔가 결심한 듯,
이렇게 말했다.

이제 그만 일어날까?

내가 예상했던 대로……
그날, 우린 헤어졌고, 그것이 우리의 마지막이 되었다.
고민의 시간은 길었고, 그 마음을 접기는 어려웠지만,
아주 잠깐은 '이별? 뭐, 별거 아니네'라는 생각도 했던 것 같다.
우리는 약속했던 대로 악수를 나누고 담담하게 뒤돌아섰다.

근데 있잖아.
너, 치마 뒤를 돌아다보지는 못했어.
나는 뒤돌아봤는데 너는 앞만 보고 뚜벅뚜벅 걸어가고 있으면
어쩌나 조금 두려웠나 봐.

머릿속으로 수없이 연습했던 장면이었는데,
애초에 좋은 이별이란 있을 수가 없나 봐.

벌 서는 아이의
마음

당신과 나는, 유난히 걷는 것을 좋아했다.
한참을 걷다가, 다리가 아프면 그늘에 앉아 쉬기도 하고,
손님이 없는 카페에 들어가 차 한 잔을 시켜놓고 책을 읽거나,
창밖을 보며 오가는 사람들 구경을 하기도 했다.

그러던 어느 날, 당신과 나는 엄마 손을 잡고 가다가
뭐가 마음에 안 들었는지 바닥에 주저앉아 막무가내로 떼를 쓰는
어떤 꼬마 녀석을 보게 되었다. 한 다섯 살쯤 됐을까? 땀을 뻘뻘 흘리며
얼굴이 새빨개지도록 우는데, 나는 그 모습이 안쓰럽기도 하고 귀엽기도
했다. 한참 동안 꼬마를 어르고 달래던 꼬마의 엄마가 더는 안 되겠다
싶었는지 냉정하게 뒤돌아서서 가버리자, 고래고래 울던 그 녀석이
갑자기 울음을 뚝 그치고 엄마를 따라가기 시작했다.
내 생각이 맞는다면 꼬마는 엄마가 자기를 두고 갈까 봐 불안했을
것이다. 꼬마에게 향해 있던 시선을 거두자 당신은 내게 물었다.

넌, 어땠어?
어릴 때도 지금처럼 고집불통이었어?

형제 없이 외롭게 자랐고, 또 어렸을 때 부모님과 떨어져 할머니 품에서

자랐다는 당신은 모두 연년생으로 위로 언니 하나, 밑으로는 남동생
하나를 둔 내 어린 시절 이야기를 듣는 걸 좋아했고 또 신기해했다.

우리 남매가 뭔가 잘못해서 엄마가 화났다 그러면
눈치 빠르고 애교 많은 언니는 금세 엄마 품에 안겨서 잘못했다고
싹싹 비는데, 나는 곧 죽어도 잘못했다는 말을 안 했대.
입 꾹 다물고, 분하다는 듯 울기만 했대.

당신은 역시나 그럴 줄 알았다는 듯 가볍게 웃고,
나는 신이 나서 말했다.

어렸을 때, 내가 가장 싫어하고 무서워했던 벌은 현관문 밖에 세워지는
거였어. 엄마가 "나가"라고 하면 엄마의 화가 풀릴 때까지 꼼짝없이
나가 있어야 했거든. 한 번은 밖에 나가 있는데 같은 반 남자애를
덜컥 만난 거야. 눈치 없는 그 애는 나보고 여기서 뭐하냐고 묻더라.
그래서 이렇게 둘러댔어. 응? 나? 심부름 가려고. 하도 울어서, 눈물에
콧물에 얼굴이 엉망이었을 텐데…… 얼마나 창피하던지.
그래서 그날 막 여기저기를 돌아다녔어. 놀이터에도 가고, 슈퍼마켓도
기웃거리고…… 그렇게 한참 후, 날이 캄캄해져서 집에 오니까 집에선
난리가 났지. 더구나 우리 엄마, 벌 서라고 내보냈는데 놀다 왔다며
잔뜩 화가 나 계셨지.
그래서 그다음에 어떻게 됐는지, 알아?

아까부터 얼굴 가득 미소를 머금고 내 얘기를 듣던 당신은 고개를
흔들며 "어떻게 됐느냐"고 "빨리 말해보라"고 날 재촉했다. 그러면 나는
아홉 살짜리 여자아이의 뽀로통한 표정이 되어서 당신의 어깨에 기대어

말했었다.

그다음부터는 꼼짝도 못하게 맨발로 내보냈어. 너무했지?

그 순간, 내가 참 좋아했던 당신의 호탕한 웃음이 터졌다.
당신은 하얀 이를 가지런히 드러내고 한참 동안 웃었다. 그러다가 내
얼굴을 천천히 들여다보면서 "그게 왜 그렇게 싫었냐"고 다시 물어왔다.

차라리 몇 대 맞는 게 낫지, 창피하잖아. 그렇게 문밖에 세워놓으면
동네 사람들이 다 알잖아. 아~ 저 집, 작은딸…… 지금 벌 받는구나,
혼나는 중이구나. 남들 볼까 봐, 남들이 알까 봐.
난 그게 죽기보다 더 싫었거든.

이제 와 생각해보니, 당신과 헤어지고 나서 내가 가장 두려웠던 건
당신을 잃는 것보다 당신이 없는 내 모습이었던 것 같다.
아마, 그래서 "우리 헤어진 거, 당분간 다른 사람들이 몰랐으면 좋겠다"고
그렇게 말했던 것 같다.

그때 당신은 화를 냈었다. 나한테 질린 듯한 표정으로.
"지금 상황에 그게 뭐가 그리 중요하냐"고.

근데 나는 중요했어. 왜냐면 나는 벌 받는 아이가 되기도 싫었고,
무엇보다 그런 모습을 남들에게 들키고 싶지도 않았으니까.

굳게 닫힌 문 앞에서 벌 서는 아이의 마음.
그와의 이별이 꼭 그랬다.

굳게 닫힌 문 앞에서
별 서는 아이의 마음.
그와의 이별이 꼭 그랬다.

사랑,
노력해도 안 되는
그 무엇

앞을 향해 성큼성큼 걸어가던 당신이 걸음을 멈추고 뒤를 돌아다본다.
그러고는 나를 향해, 그 어느 때보다 환하게 웃어 보이지만
당신의 눈빛은 어딘지 모르게 쓸쓸해 보인다.
나는 어서 가라고, 당신에게 손을 흔들어 보이고……
덩달아 왠지 모를, 쓸쓸한 기분이 되어서 한참 동안 그 자리에 가만히
서 있었다. 그즈음, 우리가 함께 맞는, 세 번째 여름이 다가오고
있었는데, 그날, 무려 한 달 만에 다시 만난 우리는 서로 조금 더
노력하기로, 다시 한 번 잘해보기로……
다짐 아닌 다짐을 하고 돌아서는 길이었다.

여느 커플처럼 우리 역시 종종 다투는 그런 사이였다.
짧으면 몇 시간, 아니 경우에 따라서는 단 몇 분 만에 마음을 풀기도
했고, 화해하는데 길어야 며칠, 아무리 심각한 상황이라고 해도
일주일을 넘기지 않았다. 그런데 이상하게도, 언제부턴가 몇 분,
아니 몇 시간을 넘기지 않던 그 시간들이 점점 길어지고 있었다.
당신과 나는 점점 더 많은 시간이 필요했는데,
그 이유가 무엇인지는 당신도, 나도 알 수가 없었다.

그것이, 우리의 마지막이 될지도 몰랐던 그날.

그 마지막 순간에도, 당신은 내게 말했었다.
내가 더 노력해볼게.

언젠가 나도 비슷한 말을 당신에게 했던 적이 있었던 것 같다.
내가 더 노력하겠다고. 노력할 테니 이제 그만 화 풀고 웃어달라고.
그러면 노력해보겠다는 그 말 한마디가 고맙고, 그 말 한마디가
감격스러워서 복잡하게 얽혔던 마음이 한순간에 풀리는 듯했는데……
참 이상하게도 더 노력해 보겠다는 당신의 말이, 이젠 그저 안쓰럽게
들린다. 마치 공기 중에 흔적도 없이 흩어지는 것만 같다.

그래, 나도 알아.
그게 지금 이 상황에서 당신이 할 수 있는 최선의 말이라는 걸.
그걸 아니까, 안다는 게 더 슬프다.
그 말이 아니고서는 지금 이 상황을 벗어날 수 없고,
그 말이 아니고서는 우리 두 사람 다시 시작할 수 없다는 것도
알게 되었다. 차라리 우리가 서로를 탓하거나 미워하거나 원망했다면
좋았을 텐데.
만약 그랬다면 이렇게 마음 아파하지 않아도 되었을 텐데.
우리가 할 수 있는 말이, 고작, 조금 더 노력해보겠다는……
그 말뿐이라서, 지금 나는 참 슬프다.

그렇게 당신과 헤어지고 며칠이 지난 후.
나는 장롱 깊숙이 들여 뒀던 옷을 오랜만에 꺼내 다시 입다가
왼쪽 주머니에서 뭔가 진득한 게 만져졌다. 그 찝찝한 감촉에 놀라
주머니에서 얼른 손을 뺐고, 그리고 조심스레 냄새를 맡아보았다.
거무스름한 그것은 굉장히 달콤했다. 자세히 보니, 초콜릿이었다.

언제 넣어뒀는지 기억조차 나지 않는 초콜릿 하나가 주머니 속에
진득하게 들러붙어서 녹아버린 거였다.
당신도 알다시피 초콜릿이나 사탕처럼 단 것을 별로 좋아하지 않는 나는
아마도 그것을 누군가에게 건네받았을 테고,
그 자리에서 바로 먹지 않고 주머니에 넣어두었을 것이다.
그리고 별생각 없이 그 옷을 그대로 옷장에 넣어둔 채로
다시 그 계절이 돌아온 후에야 발견한 것이다.
그렇게 한참의 시간이 지나는 동안,
이미 녹았다, 굳었다를 수없이 반복한 초콜릿은
이제 먹을 수도, 버릴 수도 없게 되어버렸다. 그것만이 아니었다.
초콜릿이 녹아내린 그 옷을 세탁소에 맡겼지만,
너무 오래된 까닭에 얼룩을 완전히 제거할 수 없어
다시는 입을 수 없는 옷이 되어버렸다.

먹을 수도, 그렇다고 버릴 수도 없는,
녹아버린 초콜릿 한 조각 같았던, 당신과 나!

아마도 그때였지 싶다.
당신과 내가…… 아니, 우리 두 사람이
이제는 서로를 위해서가 아니라,
스스로를 위해서 노력해야 할 때가 됐다고 생각한 것은.

노력해서 될 수 없는 일,
노력해서 안 되는 일이라면 인정하고,
이렇게 놓아버리는 게,
맞는 거겠지?

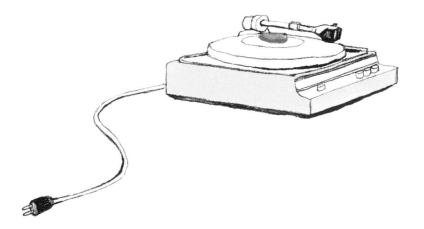

몸이 아니라
마음이 움직여야 하는 거잖아

오늘 낮에 너의 편지를 받았어.
평소에는 우편함을 그냥 지나치는데, 오늘은 이상하게도 눈길이
자꾸 그리로 향하더라. 그래서 엘리베이터를 기다리다 말고 우편함을
열어봤는데, 수북한 광고 전단 사이에서 뭔가가 툭 떨어지는 거야.
거의 동시에 내 심장도 쿵 내려앉았어. 히읗을 쓸 때 꼭 흘려 쓰거나,
숫자 팔(8)을 꼭 눈사람처럼 그려 넣는 사람…… 너잖아.
편지를 열어보기 전에 나는 너무나 떨려서 마치 무슨 주문을 외듯
너의 이름과, 너의 얼굴과, 너와 나의 마지막 모습을
차례차례 떠올렸던 것 같아.

꽃샘추위가 채 가시지 않은 3월의 어느 날.
짧은 악수로, 마지막 인사를 나눴던 우리 두 사람은
100일 남짓 만에, 이렇게 편지지 위에서, 서로를 마주하고 있다.

우리가 헤어지고 얼마 되지 않아 네가 먼 곳으로 여행을 떠났다는
소식을 들었어. 어디로 떠났는지, 언제 돌아올지 궁금했던
나는 참고 참다가 전화를 걸었는데 너의 휴대전화는 정지 상태,
미니 홈피도 폐쇄. 그 어디에서도 너의 흔적을 찾을 수가 없는 거야.
그때마다 나는 수없이 묻고 싶었어.

지금 어디야, 아픈 데 없어, 밥은 잘 먹고 다녀, 라고 말이야.

처음에는 걱정되었고, 조금 더 시간이 흐른 후에는 네가 보고 싶었고,
그러다 나중에는 화가 났어. 다시 돌아오더라도 두 번 다시,
절대로 너를 보지 않겠다고 다짐도 했어.
근데, 이것 봐. 너 때문에…… 나, 또 흔들리잖아.
너를 향한 그리움이 미움이 되고, 분노가 되어갈 때쯤, 우리 두 사람을
잘 아는 누군가가, 왜 헤어졌느냐고 물어보더라. 그때 난 담담한 척
이렇게 대답했어. "우리는 서로를 믿지 못했고, 그래서 헤어졌다"고.
그렇게 입 밖으로 토해내니까 숨도 잘 쉬어지고 좀 살 것 같더라.
그래서 네 생각이 날 때마다 일부러 되뇌었어.

우리는 헤어졌다. 서로를 믿지 못해서.

언제였는지, 정확히 기억나진 않지만 아마 여름방학 때였을 거야.
동생과 함께 시골 분교로 캠프 비슷한 걸 갔는데, 거기서 이런 게임을
했어. 두 사람이 한팀이 되어 한 사람은 눈을 가리고, 나머지 한 사람은
그 사람의 보호자가 되는 거야. 잠깐은 손을 잡아줄 수 있지만,
그것도 아주 잠깐만 허락될 뿐, 오직 목소리로만 길을 안내해줘야 했어.
앞으로 천천히 걸어, 계단이 있으니까 멈춰, 넘어지지 않게 조심해……
이런 식으로 말이야. 당연히 눈을 가리고 있으니까 아무것도 보이지
않았어. 대낮인데도, 마치 캄캄한 새벽을 걷는 것 같았어.
솔직히 처음엔 좀 무서웠어. 발이 꼭 허공을 딛고 선 것처럼 후들후들
떨리고, 앞으로 휘젓고 있는 양쪽 팔은 의지할 데가 없어 더듬더듬…….
그래서 어떤 애들은 몇 발자국 못 떼고 그 자리에 주저앉아서 울기도
했어. 그 게임에서 낙오되지 않고 목적지까지 무사히, 안전하게 도착하는

방법은 단 한 가지뿐이야.
내 앞에 있는 그 사람을, 무조건 믿고 의지하는 것.
오직 그 사람 목소리에 귀를 기울이는 것.
앞으로 다섯 걸음만 내딛으라고 하면 그렇게 하고, 멈춰 서라면
멈춰 서고, 발 앞에 돌부리가 있으니까 조심하라고 하면 조심하고,
그럼 되는 거였어.
근데 정말로 신기한 건, 처음엔 분명히 웅성웅성 주변 사람들의
허둥거림까지 다 들리다가, 그 사람을 믿고 그 사람을 의지하게 된
순간부터 그 사람 목소리만 또렷하게 들린다는 거였어.
또 눈을 뜨고 있을 때는 몰랐던 것들도 느껴지기 시작했어.
가령 바람의 미세한 움직임이나 작은 새들의 지저귐 같은 것들 말이야.
그쯤 되면, 눈을 가리고 캄캄한 암흑 속을 걷는 것도
어느새 적응이 되었던 것 같아. 하지만 그 게임을 끝까지 마칠 수 있었던
사람은 많지 않았어. 누군가를 무조건 믿는다는 것,
그 사람만 의지하고, 그 사람에게 내 모든 걸 맡긴다는 것.
그게 생각처럼 쉽지 않거든. 너도 알다시피 그건 몸이 아니라
마음이 먼저 움직여야 가능한 일이잖아.

편지의 마지막에 넌, 이렇게 적고 있었다.

이 여행을 무사히 끝내고 나면,
너에게 조금 더 좋은 사람이 될 수 있을 것 같아.
그때 다시 네 앞에 설게.

어쩌면, 사랑이라는 건 눈을 감고
그 사람의 손을 잡고 걸어가는 건지도 모르겠어.

이별 딱지

어제는 빗소리에 놀라 잠에서 깼어.
아마도 내가 창문을 조금 열어두고 잠이 들었나 봐.
후드득, 창문을 두드리는 소리에 몸을 일으켜보니까
가로등 불빛 아래에서 빗방울이 마치 보석처럼 빛나고 있더라.
예뻤어. 참 예쁘더라. 어찌나 예쁘던지 빗줄기가 잦아들 때까지
턱을 괴고 한참 동안 그 모습을 바라봤어.
곧 남부 지방부터 장마가 시작될 거라더니, 정말인가 봐.

내 기억이 맞는다면, 우리는 유독 비 오는 날 함께했던 적이
많았던 것 같아.
첫 데이트 날, 처음으로 손을 잡고 인사동을 거닐던 날에도 헤어질 무렵
갑자기 비가 왔잖아. 놀이공원에 가기로 했던 날에도 아침부터 잔뜩
비가 내려 대신 영화를 보러 갔는데, 영화를 보고 나오니까 비가 그쳐서
내가 툴툴댔잖아. 그래도, 뭐 우리 둘 다 비 오는 거, 빗소리를 듣는 거,
비 오는 날의 습한 공기를 좋아해서였는지 그런대로 나쁘지는 않았어.

어젯밤, 빗소리에 놀라서 깬 뒤로 나는 꽤 오랫동안 다시 잠들지
못했어. 비가 그쳤는데도 좀처럼 잠을 이룰 수 없었어. 비가 다녀간
뒤라 풀 냄새는 더 짙어졌고 새벽 공기는 한결 차분해졌는데, 나 혼자만

뒤척뒤척…….
너 때문이었다고는 안 할래.
며칠 전에 다시 만난 너 때문이 아니라,
그냥 비가 와서, 비 때문에 불쑥 내 기분이 그래진 거라고,
그렇게 생각할래.

사실 머릿속으로 수없이 되뇌고 연습해온 장면이었어.
언젠가 너와 내가 다시 마주하는 날이 오면, 그 어느 때보다도 편안한
모습으로 너를 향해 웃어주자. 그래서 네가 '한 번 보자'고 연락을
했을 때에도 솔직히 놀라거나 당황하지 않았어.
막상 만나면 그냥 좀 어색하겠다, 싶은 정도였지.
우리 헤어질 때 네가 그랬었잖아.
헤어지더라도 가끔씩 안부를 묻고, 서로 잘 지내는지 궁금해하면서
살자. 적어도 그런 사이로, 서로에게 남아주자고.
나는 그러겠다고 했고, 약속한대로 이따금씩 너를 궁금해하며
살았던 것 같아. 그런데 그런 거 하나도 소용이 없는 건가 봐.
너를 다시 만나고서 알았어.

나는 너에게, 너에게 나는……
그래, 우리는 서로에게……
여전히 채 아물지 않은,
아직 아물어가고 있는 상처라는 걸.

알다시피 내가 좀 덤벙대잖아.
그래서 나는 잘 넘어져. 멀쩡히 걷다가 습관적으로 발목을 접질리기도
하고. 어렸을 때는 하도 잘 넘어져서 무릎이 성할 날이 없었대.

넘어져서 살갗이 까지고 패이면 피가 나잖아. 그게 얼마나 아프고
쓰라린지 너는 잘 모를 거야. 내가 밖에서 다치고 들어오면 우리 아빠는
약을 발라주면서 항상 그러셨어. 절대로 물 묻히지 말고,
딱지가 생기면 억지로 떼지 말라고. 그래야 상처가 곪지 않고
잘 아물어서 새 살이 나온다고. 그땐, 무조건 고개를 끄덕거렸지.
근데, 새 살이 나올 때까지 참고 기다리는 것. 그거, 꽤 힘든 일이다.
하루, 이틀…… 시간이 지나면서 상처는 점점 검게 변하고
그 위에 딱지라는 게 앉잖아. 거기까지는 뭐 그런대로 참을 만한데,
딱지가 생기면 그걸 얼른 떼어버리고 싶어져.
보기도 싫고, 무엇보다 상처 주변이 못 견디게 간지럽거든.

아빠 말로는, 그게 상처가 아물면서 새 살이 나오려고 그러는 거래.
빨리 나으려고 그러는 거니까 절대로 긁지 말고, 완전히 아물 때까지
가만히 내버려두라고. 그 딱지라는 게 세균이나 바이러스가 침입하지
못하게 막아준다고 하셨던 것 같아.
그런데 나는 상처가 나으면서 생기는 그 가려움을 참지 못하고,
새 살이 돋기 전에 딱지를 떼어버리곤 해서 보기 싫은 흉을
만들어버리곤 했어. 그러고선 후회 가득한 목소리로 이렇게
중얼거렸어.

이번에도 내가 너무 빨리 딱지를 뗐나 봐. 흉 지겠다.

그러니, 우리, 조금 힘들어도
상처가 덧나지 않고 잘 아물 때까지……
한 번 기다려보자.

우리, 조금 힘들어도
상처가 덧나지 않고
잘 아물 때까지......
한 번 기다려보자

아무렇지 않다는 것의
비밀

우리, 헤어졌어.

이 말 한마디에 내 앞에 앉은 친구는 소스라치게 놀란 목소리로
나를 당황하게 만든다.

언제? 왜? 어쩌다가?

친구는 쉴 새 없이 질문을 쏟아냈고, 그중에서 내가 답할 수 있는 건
하나도 없었다. 그래서 그냥 이렇게 대답했다.

글쎄, 어쩌다 보니…… 그렇게 됐네.

친구는 어이없다는 듯, 아니 아주 기가 막히다는 표정으로
나를 쳐다봤지만 그건 사실이었다.
어쩌다 보니 내가 너란 사람을 사랑하게 되었고,
어쩌다 보니 너와 나, 우리 둘 다 상대방으로 인해 힘들어졌고,
또 어쩌다 보니 이렇게 마지막을 말하고 헤어지게 된 건데
더 어떻게 설명할 수가 있을까.
그때까지만 해도 그런대로 괜찮았는데, 그럭저럭 참을 만했는데,

친구의 마지막 말에 맥이 탁 풀려버렸다.

가만 보면, 너 진짜 냉정해.

언젠가 나는, 너에게서도 똑같은 말을 들은 적이 있다.
넌 가끔 혼잣말로 "냉정해, 너, 참 냉정해"라고 말했고,
그러면 나는 그 말을 인정하고 싶지 않아서,
아니 애초에 그건 사실이 아니었으니까
도저히 이해할 수 없다는 눈빛으로 너를 바라보곤 했었다.
그렇다고 딱히 나를 비난할 의도가 아니었음을 알고 있었으니까
특별히 기분이 나쁘지도 않았지만, 냉정하다는 말이
그리 유쾌하지는 않았다.

지금 내 앞에 앉아 있는 친구는 6개월 전쯤 오랫동안 사랑했던
한 사람과 헤어지고서 아무것도 할 수 없을 정도로 힘들어했다.
밤늦게 나를 찾아와서 두 눈이 퉁퉁 부을 때까지
꺼이꺼이 소리 내 울기도 했다.
그렇게 며칠을 울고 나니까, 그다음에는 가슴 한구석이 텅 비어버린
기분이 들더라는 말도 했다. 뭘 해도, 그 어떤 걸로도,
그 빈자리가 채워지지 않아서 뭔가를 끊임없이 먹었고,
그래서 사람들이 깜짝 놀랄 정도로 살이 찌기도 했었다.
그리고 그다음에는 너무 변해버린 자신의 모습을 견딜 수 없을 정도로
화가 나서 밤마다 집 근처 초등학교 운동장을 뛰기 시작했었다.
숨이 차서 금방이라도 심장이 터질 것 같을 때까지,
그렇게 달리고 또 달리고 나면 몸도 가벼워지고,
묵직했던 마음도 가벼워지고, 복잡했던 머릿속도 가벼워지더라는 말을

했었다. 내 친구는 그렇게 그 이별의 시간을 견뎠다고 했었다.

그러나 나는, 아무것도 하지 않았다.
소리 내 울지도 않았고, 누구한테 힘들다는 말을 하지도 않았다.
그냥 처음 며칠은 실감이 나지 않아서 늘 하던 대로 밥을 먹었고,
늘 하던 대로 수업을 들었고,
음…… 그다음에는 조금 멍한 기분이었던 것 같다.
물론, 네 생각이 나기도 했다.
그렇다고 생각하지 않으려고 애쓰지도 않았다.
생각나면 생각나는 대로, 입 꾹 다물고, 조용히 지나가 주기를 기다렸다.
그렇다고 해서 나한테 이별이 쉬웠던 건 아니다.
이별이 익숙한 것도 더더욱 아니었고,
내가 너를 많이 사랑하지 않았기 때문이거나,
혹은 우리의 사랑이 그만큼 절실하지 않았기 때문은 아니라고……
언젠가는 꼭 말해주고 싶었다.

아팠어도 꾹 참았어.
아무렇지 않다고 중얼거리다 보니 그땐, 정말로 그런 것만 같았으니까.

그렇다고 해서 나한테 이별이 쉬웠던 건 아니다.
이별이 익숙한 것도 더더욱 아니었고,
내가 너를 많이 사랑하지 않았기 때문이거나,
혹은 우리의 사랑이 그만큼 절실하지 않았기
때문은 아니라고……
언젠가는 꼭 말해주고 싶었다.

Part 3

그저 너를 바라보기만 해도 벅찼던 마음이 서서히

어색해지고

두려워지고

낯설어지고

그래, 사랑이 이렇게 떠나는구나.

이별이 힘든 이유는 잊어가는 속도가 다르기 때문이 아닐까, 생각해봤어.

한 사람은 잊었는데 다른 한 사람은 잊지 못했거나,

아니면 잊어가는 중이거나.

헤어진 후에도 놓을 수 없는
그런 사랑, 그런 사람

테이블이라고 해봐야 고작 서너 개쯤.
딱히 차려진 메뉴판도 없고, 일단 자리를 잡고 앉으면 주인아주머니가
알아서 음식을 내오고, 가끔은 모르는 사람들과도 다닥다닥 등을
마주 대고 앉아야 하는 그런 불편을 감수해야만 하는 허름한 고깃집.
그곳은 당신과 나의 추억의 장소이기도 했다.

당신이 나를 그곳으로 불러낸 그날.
거기에 당신은 혼자였다.
당신의 눈은 조금 슬퍼 보였고, 조금 취한 것처럼 보였다.
자욱한 담배 연기와 불판 위에서 지글지글 고기가 익어가면서
내뿜는 열기, 술잔 위로 분주히 오가는
사람들의 세상을 살아가는 이야기가 뒤엉켜
당신과 나 사이에는, 조금의 공간도, 허락되지 않았다.

그런데 참 이상하지?
술을 한 잔도 마시지 않았는데도 내 심장은 가쁘게 뛰고,
얼굴은 벌겋게 상기되어 있는 거야.
나는 그것이 그곳의 열기 때문인지,
내 앞에 앉아 있는 당신 때문인지 알 수 없었다.

나는 아까부터 병뚜껑 하나를 손에 쥐고 만지작만지작.
당신은 반쯤은 감긴 눈으로 나를 보다가 술잔 비우기를 반복.
그러다가 무슨 말끝엔가, 당신이 그랬다.

그때, 나를 좀…… 붙잡아주지 그랬어?

그 순간, 나는 당신의 눈을 쳐다보았다.
당신의 눈빛에는 나를 향한 원망이 가득했고,
서둘러 내가 무슨 말인가를 꺼내려는 순간, 당신은 다시 한 번 말했다.

날 잡아줬음 좋았잖아.

밤 공기는 이렇게 따뜻한데, 따뜻하다 못해 후텁지근한 열기마저
느껴지는데 당신을 바라보는 내 마음에는 여전히 서늘한 바람이 분다.
우린 꼬박 3년을 함께했다.
처음 6개월은 그냥 아는 사이였고,
그다음 1년은 그 누구보다 서로를 잘 안다고 생각했었고,
그다음 6개월은 서로를 놓지도 붙잡지도 못하는 애매한 사이,
그리고 마지막 6개월은 내가 먼저 당신을 놓았고,
그래서 우리는 헤어지는 중이었다.
당신 말대로 난 당신을 끝까지 붙잡지 않았다.
왜냐하면 나는 그때 더는 버틸 힘이 없었고,
그때 우리는 사랑 앞에서 무기력했으니까.
우리가 사랑했던, 어느 날 나는 당신에게 물은 적이 있다.
언제부터 나란 사람이…… 언제부터 내가 특별하게 느껴졌느냐고.
그러자 당신이 입안 가득 미소를 머금고 말했었다.

버스 안이었어. 내가 뭐라 뭐라 얘기하는데 어느 순간에
네가 아무 말도 안 하는 거야. 보니까, 잠이 들었더라.
그래서 내가 왼쪽 어깨를 슬며시 내어줬는데,
어깨 위로 너의 무게가 고스란히 느껴졌어.
그러고는 고개가 툭툭 자꾸 떨어지는데……
나는 네가 깰까 봐 움직이지도 못하고 조심스럽게 고개를 세워줬어.
내 어깨에 기댄 네가 새근새근 숨을 쉬는데, 그때 알았어.
아, 내가 너를 사랑하게 됐구나!
그때 그 평화로운 숨소리가 얼마나 듣기 좋았는지.
아마, 넌 모를 거야.

적당히 취기가 오른 사람들이 하나 둘 자리를 털고 일어서고,
나는 비틀거리는 당신을 일으켜 택시에 태웠다.
당신을 집까지 바래다주는 택시 안에서
나는 내 어깨에 기대 잠든 당신의 얼굴을,
언젠가 당신이 그랬던 것처럼, 가만가만 들여다본다.
머릿속에 무수히 많은 생각과 말들이 스쳐 간다.
그리고 도착할 때까지 당신이 깨지 않았으면 바라던 그 순간에
당신은 아무 말도 않고 가만히 내 손을 잡는다.

우리 두 사람, 이렇게 손을 잡으니,
참 따뜻하구나.

수없이 다짐하고 돌아서도 놓을 수 없는
그런 사랑, 그런 사람

미안합니다,
정말 미안합니다

숲 속을 걷다 보면 숲에서만 맡을 수 있는 특유의 냄새가 있어.
향긋하기도 하고 싱그럽기도 하지. 보슬보슬 흙이 품고 있는 잘 마른,
햇살의 그것과는 좀 다른 그 무엇.
음, 뭐라고 해야 할까. 아, 그래! 아주 짙은 풀 향기,
그 위에 햇살을 한 움큼 쥐고 솔솔 뿌려 놓은 것 같잖아.
그래서 숲 속에서 사람들은 가슴을 한껏 열고 깊은 심호흡을 하지.
숨을 최대한 깊게 들이마셨다가, 최대한 천천히 길게 내쉬면서.

당신의 손을 잡고 천천히 숲길을 거닐던 어느 날.
나뭇잎의 초록빛이 하루가 다르게 점점 선명해져 가던
초여름의 그 어느 날에 당신은 내게 이런 말을 했었어.

숲에서 나는 이 냄새. 이게 피톤치드라는 건데,
피톤치드에서 '치드'는 '죽인다'라는 무시무시한 뜻을 갖고 있어.

그 순간, 내가 '어째서'라고 했던가? 아니면 '왜'라고 그랬던가?
어쨌거나 당신은 내 손을 더 꼭 힘주어 잡으면서 그랬다.

그 피톤치드라는 게 식물이 해충이나 곰팡이 병원균에게 저항하느라

내뿜는 물질이거든. 그게 사람한테는 이로운 물질일지 몰라도
숲에서 함께 숨 쉬고, 함께 햇빛을 나눠 받으면서 한데 어울려
살아야 하는 다른 나무들에는 치명적일 수 있다는 거야.
어떻게 보면, 좀 이기적인 거지.

그런데 내가 왜 그랬을까?
당신이 그 말을 끝낸 바로 그 순간.
나는 당신에게서 슬며시 손을 빼내고 뒤로 한걸음 물러서면서
약간 흥분한 채로 이렇게 말했었지.

자기를 보호하는 건데, 그게 어째서 이기적이야?
당연한 거지.

그랬어. 당신과의 사랑 앞에서 나는 조금 비겁했고,
때때로 이기적이었고, 그래서 필요 이상으로 숨곤 했어.
그런데도 나는 그게 이기적인 게 아니라 '나를 지키는' 거라고,
마땅히 그럴만한 '당연한 일'이라고 생각했는데,
내가 잘못 생각한 게 아닐까 싶어.
아마, 좀, 두려웠나 봐. 그리곤 화가 났어.
왜 화가 나는지 몰랐는데 화를 내고 있더라고. 내가 당신한테.

그런데 정말로 화가 났던 건 당신이 아니라 나 때문이었어.
언제나 마음이 다칠까 봐, 상처받을까 봐 두려워서
내가 먼저 피톤치드를 뿌려댔던 거야.
'더는 다가오지 말라'고, '우린 여기까지'라고.
당신 마음이야 어찌 되든지, 나는 내 마음이 더 중요했고,

그래서 내가 당신을 온전히 사랑하지 못했다고,
그런 사람이었음을 고백할게.
원래 뭔가에 호되게 앓아본 사람들은 그 아픔을 쉽게 잊지 못하거든.

그날, 헤어질 때까지 당신은 내내 아무 말도 하지 않았고,
우리 두 사람은 나란히 걷기는 했지만
일정한 거리를 두고 각자 앞을 보면서 걸어갔어.
그리고 당신의 말은 두고두고 머릿속에서 떠나지 않았어.

어떻게 보면 좀 이기적인 거지. 이기적인 거야.

나를 사랑해준 어떤 사람이 있었는데
그 사람에게 온전히 제 마음을 주지 못했습니다.
그 사람과 나 사이에 서걱대는 소리를 들을 때마다 겁이 났고,
그래서 그쯤에서 멈춰야겠다고 생각했는데
용기가 부족해서 그러지 못했습니다.
그보다 더 나쁜 건 그런 나 때문에
그 사람이 힘들어한다는 것을 알면서도, 알면서도,
끝끝내 모른 척했습니다.

온전히 마음을 다해 사랑하지 못해서 미안했다고,
이제라도 말해주고 싶습니다.

나를 사랑해준 어떤 사람이 있었는데
그 사람에게 온전히 제 마음을 주지 못했습니다.
온전히 마음을 다해 사랑하지 못해서 미안했다고.
이제라도 말하고 싶습니다.

우리,
정말 끝인가요?

아무래도 저녁 먹은 게 체한 모양이야.

명치끝에서부터 묵직한 체기가 느껴져서
똑바로 누워 있을 수도, 그렇다고 가만히 앉아 있을 수도 없어서
벌써 한 시간째 방 안을 서성이고 있어.

유별나게 예민한 성격 탓일까.
마음 쓰이는 일이 있는 날, 꾸역꾸역 밥숟가락을 밀어 넣은 날이면
나는 어김없이 소화가 되지 않아 가슴을 두드리곤 했지.
내가 그럴 때마다 너는……

이리 손 내봐.

그러면서 내 손을 너의 무릎 위로 가져가서
엄지와 검지 사이, 옴폭 패인 부분을 꾹꾹 눌러주고는 했지.

체했을 때는 여기를 이렇게 지압해주는 게 좋대.
어릴 때, 할머니가 꼭 이렇게 해주셨어.
어때? 속이 좀 내려가는 것 같아?

그런데 신기하게도 네가 그렇게 해주면 정말이지 거짓말처럼
꽉 막혔던 속이 조금씩 조금씩 풀리는 것 같았어.
비록 한동안 얼얼할 정도로 아프기는 했어도
너의 온기가, 그리고 너의 마음이 느껴져서 좋았어.

지금 네가 옆에 있다면,
늘 하던 것처럼 내 손을 잡고서
엄지와 검지 사이 옴폭 패인 여기를 꾹꾹 눌러줬을 텐데.
오늘은 아무래도 소화제를 먹어야 할 것 같아.
지금, 나는 혼자니까.

그날, 너를 그렇게 보내는 게 아니었는데……
후회했어.
후회는 했지만 다시 되돌아가지는 못했어.
붙잡지도 못했어.
늘 먼저 잡아주던 너였는데,
어쩌면 이번에는 아닐 수도 있겠다는 생각이 들어서
괜한 오기 같은 게 생겼나 봐.

아니, 솔직히 말하면 나, 좀, 무서웠어.
우리가 함께하는 시간이 많아지면 많아질수록,
추억이 쌓이면 쌓일수록 내 마음은 점점 커져 갔거든.
그러다 어느 순간, 내 마음보다 너의 마음이 조금 작다고,
조금 부족하다고 느껴질 때면
나는 마음에도 없는 말로 너를 구석으로 몰아붙이곤 했잖아.
이럴 거면 보지 말자고, 이쯤에서 그만두자고.

근데 있잖아. 단 한 번도, 그게 진심이었던 적은 없었어.

영화 표를 예매해 놓고 영화가 시작되기를 기다리던 그날도 그랬어.

너와 나, 우린 줄곧 삐거덕거렸지. 무슨 일이 있었던 것도 아니었는데.

왜, 그냥 그런 날 있잖아.

뭘 해도 서로 자꾸 어긋나기만 하는 날.

너는 줄곧 피곤한 얼굴을 하고 있었고,

나는 그런 네가 못마땅했고,

그래서 우린 서로에게 조금 날카로워져 있었고,

그러다가 결국, 나는 이렇게 말했지.

너랑 함께 있어도 난 늘 외롭고,

너랑 함께여도 즐겁지가 않아.

그러자 너는 마치 기다렸다는 듯이 잔뜩 지친 얼굴로,

날 보면서 말했지?

그래? 그럼, 영화는 나중에 보자.

나도 오늘은 기분이 별로라서.

그 순간, 나는 너의 말이 끝나기도 전에

그 많은 사람들 속에 너를 남겨두고 뒤돌아서서 걸었어.

그러면 네가 금방이라도 달려와서 나를 붙잡아줄 거라고 생각했고,

그다음에 못 이기는 척 너에게 끌려가 줄 셈이었는데, 그랬는데……

그렇게 한참을 앞만 보고 걸어가는데도

등 뒤에서 아무런 인기척도 느껴지지 않는 거야.

나를 뒤따르는 너의 발자국 소리도 들리지 않았어.
나는 불쑥 좀 무서운 생각이 들어서 걸음을 멈추고
얼마 동안 그 자리에 가만히 서 있었어.
여러 번 심호흡을 가다듬고 나서야 뒤를 돌아다보았는데,
네가 서 있던 그 자리에,
내가 너를 남겨두고 먼저 뒤돌아선 그 자리에 거짓말처럼……

네가, 없었어.
아무리 찾아봐도 너의 모습은 보이지 않았어.

어른이 된 지금도, 나는, 종종 홀로 남겨지는 꿈을 꾸곤 해.
일곱 살 때였나? 시장에 갔다가 엄마를 잃어버리고,
그 자리에 주저앉아 엉엉 울었던 적이 있었어.
늘 같은 꿈인데도 뭐가 그렇게 서러운지 꿈속에서도
나는 베개가 젖을 만큼 엉엉 소리를 내서 우는 거야.
그러다 잠에서 깨고 나면 그게 꿈이라는 걸 아는데도
쉽사리 눈물이 멈추지 않아.
바로 그 순간, 나는 깨달았어.

홀로 남겨진다는 게, 누군가 내 손을 놓아버린다는 게……
이런 거라는 걸.

우리, 이렇게 이대로 끝인 거니?

홀로 남겨진다는 것,
    누군가 내 손을 놓아버린다는 것,
우리, 이렇게 이대로 끝인 거니?

사랑은 희생인가요?

나는 가끔 묻곤 했어요.

엄마, 엄마는 아빠랑 왜 결혼했어?

나란히 소파에 앉아 드라마를 볼 때, 엄마가 야무지게 깎아놓은
참외 한 조각을 입안에서 오물거릴 때, 가장 최근에는 엄마 발톱에
매니큐어를 칠해주면서 엄마한테 물어봤어요.

말해봐~. 아빠랑 왜 결혼했어?

그러면 우리 엄마는 새삼스럽게 그걸 왜 궁금해하느냐는 눈빛으로
나를 한번 쳐다보고는 꼭 이렇게 말해요.

왜 결혼하기는…… 그때, 아빠가 옆에 있었으니까 그렇지.

그 순간, 우리 엄마의 눈빛을 당신이 봤어야 하는데.
음, 뭐라고 설명하면 좋을까? 시간을 거슬러 어느 순간의 기억을
더듬을 때, 그때의 눈빛은 참 아련해요.
그러면서 항상 같은 레퍼토리로 말을 맺곤 하죠.

맏며느리라 시집가면 고생한다고,
너희 할머니가 뜯어말릴 때, 그때 그만뒀어야 했는데.

드라마나 영화에 나오는 것처럼, 단 한 번도 뜨겁게 열렬히 사랑해서,
이 사람이 아니면 살 수 없을 것 같아서, 아니면 운명인 것 같아서,
라고 말한 적은 없지만, 난 알아요. 알 수 있을 것 같아요.
지금까지 부부로 서로를 의지하며 살아온 두 분이
서로를 가슴 깊이 신뢰하고 있다는 걸.
엄마의 건조하고 투박한 말투 속에서 그걸 느낄 수 있었어요.
그러다가 나도 모르게 중얼거렸어요.

'옆에 있어준다는 거……
그게, 그렇게, 중요한 거구나.'

당신을 떠올릴 때마다, 나는 목울대가 간지러워지면서 뜨거워지는
느낌이 들어요.
스무 살 때였나? 처음으로 누군가를 좋아하게 됐을 때,
아니 처음으로 내가 누군가를 사랑하고 있다고 느꼈을 때.
어느 술자리에서 한 친구가 '아직 넌 어려. 그래서 사랑이 뭔지
모르는 거야'라는 눈빛으로 나를 빤히 쳐다보며 그러는 거예요.

사랑은 희생이야. 희생 없이는 안 돼.

그러고는 쓰디쓴 소주 한 잔을 단번에 비우는데,
나는 반대로 사랑이 희생이라고 말하는 그 애가 어리석다고 생각했어요.
나 아닌 다른 사람을 위해서 나의 어떤 부분을 무릅쓰거나

버리는 거, 그게 희생이잖아요.

그런데 사랑하는데 그런 게 어디 있어요?

사랑하니까…… 사랑하니까 이해되고 받아들여지는 거잖아요.

모름지기 사랑은 그래야 하는 거잖아요.

돌이켜보니 아무래도 내가 잠시 지쳐 있었나 봐요.

그래서 당신이 정말로 힘들어할 때 손잡아 주지 못했고,

비겁하게 옆으로 비켜 서 있었나 봐요. 아주 가끔은 손해 보는 느낌이

들기도 했고, 당신 말대로 어쩌면 내 마음이, 내 사랑이 변했을지

모른다는 생각을 했어요. 그래서 생각할 시간을 갖자는 말로 우리의

이별을 기정사실화했는지 몰라요. 그런데 당신을 떠나 있는 지금이,

당신과 함께 있을 때보다 전혀 행복하지 않아요.

그래서 나 돌아가려고 하는데…… 괜찮을까요?

몇 번의 사랑과 몇 번의 이별, 그리고 그것과 비례할 만큼의

아픔을 겪으면서 사랑에 대한 막연한 환상으로 가득했던

스무 살 철없던 시절에 들었던 친구의 말을 이해하게 되었습니다.

희생은 사랑의 또 다른 이름이라는 것,

그러나 절대로 일방적이지 않은 희생이라는 것을 알게 되었죠.

누가 그랬던가요? 사랑은 희생하거나 희생당하는 것이 아니라

희생을 허락하는 것이라고. 상처받기를 허락하는 것,

그것이 사랑이라고.

나, 이제 상처받는다 해도,

당신에게 기꺼이 희생을 허락하겠습니다.

이별 향기

당신과 이별했던 작년 여름,
볕이 뜨겁던 어느 오후.

밥 먹고 들어오는 길인가 봐.
신호등 건너, 사람들 틈에서 웃고 있는 당신의 모습이 보여.
며칠 동안 못 본 사이에 머리카락을 짧게 잘랐네. 시원해 보인다.
셔츠 소매를 팔꿈치까지 걷어 올린 당신. 그 모습을 내가 참 좋아했었지.
근데, 얼굴이 좀 상해 보여. 요즘 많이 바빠? 아니면 잠을 잘 못 잤어?
이제 곧 파란불로 바뀌면 우리 두 사람, 스쳐 지나가야 할 텐데……
나는 어떤 표정을 짓고, 당신에게 어떤 말을 건네야 할까?
입술이 마를 것 같아. 당신을 피해 다른 길로 가버릴까?
잠깐 그럴까도 생각해 보았는데,
아…… 이미 늦어버렸다. 당신도 나를 보고 말았어.
웃음기 가득하던 얼굴이 순간 어색하게 굳어버렸어.
이제 파란불로 바뀔 차례.
당신과 내가 서로 다른 곳을 향해 걸어갈 차례.
그리고 이제 우리 서로, 엇갈릴 차례.
나는 끝내 당신을 바로 보지 못한 채 고개를 돌려버렸어.
미안해, 도저히 못 보겠어.

당신을 바로 보는 것조차……
나는 지금, 너무 힘이 드니까.

헤어지면서 우리는 한 가지 약속을 했다.
그런데 그것은 당신과 내가 회사 선후배가 아니라
'조금 더 특별한 사이'가 되기로 했던 날에도 마찬가지였다.
나는 당신에게 새끼손가락을 내밀면서 다짐을 받았다.

우리 만약에 헤어지게 되더라도,
힘들지 않게 서로 도와주기로 해요.

우리가, 서로에게 특별한 사람이 되던 그날에,
당신은 손가락을 거는 대신 말없이 나를 꼭 안아주었다.
그리고 우리가 더는 서로에게 특별한 사람이기를 포기했던 그날에도
당신은 손가락을 거는 대신,
손을 내밀어 내게 악수를 청하면서 말했다.

매일은 아니어도, 우리 회사에서 종종 볼 텐데……
나 보는 거, 불편해하지 않았으면 좋겠어.

나는 자신 없는 듯, 그렇지만 노력은 해보겠다는 뜻으로
고개를 끄덕였다. 마주 잡았던 오른손에 서서히 힘이 풀리고,
우리는 거의 동시에 뒤돌아서서 걸었다.
그날, 가로등 불빛은 유난히 발밑에서 질척거렸다.
늘 함께 걷던 길을 나 혼자 걸으면서,
나는 당신과 함께였던 어느 봄날을 떠올렸다.

당신에게 처음으로 건네받은 꽃다발을 품에 안고서,
나는 세상에서 가장 행복한 표정으로 당신을 바라보면서 말했었다.

상처가 잘 아물면 꽃향기가 난대요.

줄곧 당신의 시선은 탐스럽게 피어난 꽃송이에 머물러 있었는데,
나는 그 향기를 더 오래오래 기억하고 싶어서,
숨을 크게 들이마시고 당신을 바라보았고,
코끝에서부터 머릿속까지 꽃향기가 퍼져
황홀한 기분이 되었을 즈음, 당신의 어깨에 기대어 말했었다.

상처라는 게 고약한 구석이 있어서 밀어내면 밀어내려 할수록,
없애려면 없앨수록 더 깊어진대요.
그냥 그 상처가 처음부터 내 것이려니,
내 몫이려니 생각하고 끌어안으면 꽃으로 피어나 향기를 퍼뜨린대요.
그러니까 누군가와 사랑을 하다 상처받는 일이 생겨도
그것마저도 사랑이려니 생각하고, 품에 안아버려요.
나도 그럴게요.

누군가와 사랑을 하다가 상처받는 일이 생겨도,
그것마저 사랑이려니 생각하고 품에 안아버려요.
좋은 향기가 날 수 있게.

이별 후 1년.
또다시 여름, 그리고 볕이 뜨겁던 어느 오후

복도에서 우연히 마주친 당신.
우리는 서로를 향해 특별히 다정하지도,
그렇다고 특별히 차갑지도 않은,
딱 그만큼의 형식적인 인사를 건네고 서로를 지나쳐 간다.
원래 그랬던 것처럼.
예전처럼 마음이 아리거나, 눈물이 쏟아질 것 같거나,
숨어버리고 싶거나 그렇지 않아서 참 다행이기는 한데……

좀 신기하지 않아요?
우리가 이렇게 아무렇지 않아질 수 있다는 게?

사랑이
이별을 향해 갈 때

떠들썩했던 술자리.
사람들 틈에서 뭔가 많은 말을 들었고,
또 많은 말을 했던 것 같기는 한데,
어느 순간이 되면 사람들은 조금씩 할 말을 잃어.
말수가 줄어들고, 몇몇은 턱을 괴거나 허공에 시선을 두고,
각자 생각에 잠겨 있는 것도 같아.
벌겋게 달아오른 서로의 얼굴을 물끄러미 바라보거나,
그것마저 어색해지면 사람들 목소리에 묻혀서
아무 소리가 들리지 않는 텔레비전에 멍하니 시선을 두곤 하지.
그러다가 누군가 먼저 용기를 내어 '이제 그만 일어서자!'라고 말하면
그제야 하나둘씩 자리를 털고 일어나.

물론, 술기운 때문일 수도 있는데 단순히 그것 때문만은 아닌 것 같아.
기분 좋게 시작된 술자리든, 그 반대의 경우이든
술에 취해 걸어가는 사람들의 뒷모습은 어쩐지 조금씩 슬프더라.
그래서 그날, 나는 다른 사람들보다 조금 일찍 일어났는지도 몰라.
줄곧 내 맞은편에 앉아서 사람들과 어울려 적당하게 그 자리를 즐기던
너와는 달리 나는 자꾸만 눈앞이 흐릿해졌거든.
3개월 만에 다시 본 너의 모습도, 방금 비워낸 술잔도,

우리가 함께했던 지난 시간들도…… 전부 다 흐릿했어.
어쩌면 내 뒷모습을 너에게 보이고 싶지 않았나 봐.
그래서 먼저 일어섰고, 슬그머니 그 자리를 빠져나오면서,
나도 모르게 뒤를 돌아다봤어.
그리고 이렇게 혼잣말을 되뇌었지.

모든 것이 그대로인데
변한 건, 너와 나, 우리 두 사람뿐이구나.

내가 탄 택시가 올림픽대로에 막 접어들었을 즈음,
너에게 온 문자 메시지.
'왜 먼저 갔어? 오랜만에 얼굴 봐서 좋았어'
그 문자를 확인하자마자 나는 온몸에 힘이 풀리는 듯 나른해져서
시트 깊숙이 몸을 기대고 이렇게 중얼거렸다.

아, 너는 좋았구나.
나는 불편했는데. 그래서 힘들었는데.

마지막이라 생각하고 너를 찾아갔던 날에도,
아니, 너를 붙잡으려고 했던 날에도 꼭 오늘 같은 기분이었어.
우리가 함께 자주 가던 카페, 즐겨 마시던 커피, 늘 앉던 그 자리.
모든 것은 그대로였는데 변한 건,
우리 두 사람뿐이었잖아.

사랑이 이별을 향해 가려할 때 가장 두려운 게 뭔지 알아?
눈빛이야. 눈빛을 보는 게 두려워져.

왜냐하면 그 사람 눈빛이 달라져 있거든.
우리가 헤어지던 날에도 그랬어.
너는 이미 마음 정리를 끝냈는지
'무슨 일이야? 우리 사이에 더 할 말이 남았던가?'라는 눈빛으로
나를 바라보는데, 그런 네가 참 낯설게 느껴지더라.
그래서 나는 마지막으로 하려던 말을 끝내 하지 못하고 일어섰지.
너는 이미 결론을 내렸는데,
그런 너에게 다시 시작해 보자거나, 내가 좀 더 노력하겠다는
이런 말들은 좀 우습잖아.

그저 너를 바라보기만 해도 벅찼던 마음이 서서히
어색해지고
두려워지고
낯설어지고

그래, 사랑이 이렇게 떠나는구나.
이별이 힘든 이유는 잊어가는 속도가 다르기 때문이 아닐까,
생각해봤어.
한 사람은 잊었는데 다른 한 사람은 잊지 못했거나,
아니면 잊어가는 중이거나.

사랑이 끝나면
뭐가 남을까?

나는 너에게 묻는다.

사랑이 끝나면 뭐가 될까?

너는 내 말을 제대로 못 들었는지 미간을 찡그리며 되묻는다.

응? 뭐라고?

창 밖에는 제법 굵은 빗줄기가 쏟아지고 있었고, 우리 두 사람은
카페에 앉아 떨어지는 빗방울을 우두커니 바라보고 있었다.
뉴스에서는 이 장마가 끝나면 불볕더위가 기승을 부릴 거라고 했다.
너와 나, 우리 두 사람은 간간이 고개를 돌려 서로의 얼굴을 흘깃
바라보기도 했지만, 대부분은 말없이 빗줄기가 잦아들기만을 기다렸다.
그즈음 나는, 너와 함께일 때도 종종 불안하고 낯선 느낌에 휩싸였었다.
그래서 뭔가를 자꾸 확인하고 싶은 마음이 들었던 것 같다.
평소 같으면 그 찝찝한 기분을 그냥 넘겼을 텐데, 그날은 이상하게도
다시 한 번 용기 비슷한 걸 내서 다시 물어보고 싶었다.

사랑이 끝나면, 우리 둘 사이에 뭐가 남을 것 같아?

당황한 걸까. 아니면 내 질문이 시답잖다고 생각한 걸까.
너는 물 한 모금을 천천히 삼키고 이렇게 말했지.

갑자기 왜 그런 걸 물어.

민망해진 나는 또 중얼거렸지.

그러게. 나는 왜 갑자기 그게 궁금해졌을까?
하필 그딴 게 알고 싶어졌을까? 바보같이.

그렇게 별 뜻 없다고, 아무것도 아니라고 얼버무렸지만 사실 그날,
나 좀 슬펐다. '그런 걸 뭐하러 묻느냐'고 하는 네 눈빛이 아주 잠깐
흔들리는 걸 봤거든. 마치 속마음을 들킨 사람 같았어.
아무 말 하지 않아도 그저 편안하고 좋았을 때가 분명 있었는데,
언제부턴가 막연한 침묵이 조금씩 버거워지고, 이유 없는 짜증이
늘어나고, 그렇게 조금씩 우리 사이에 균열이 생겼던 거겠지.

그런데 있잖아. 실은 나 알고 있었어.
언제였더라. 비가 많이 오던 날이었을 거야.
나는 네가 다니던 영어 학원 앞에서 무작정 너를 기다렸어.
예고 없이 갑자기 내린 비라서 네가 분명히 우산을 가져오지 않았을
거라고 생각했거든. 무엇보다 나는 너를 기쁘게 해주고 싶었어.
얼마나 기다렸을까? 비를 맞고 뛰어오는 너를 발견하고, 기쁜 마음에
한숨에 달려가서 우산을 씌어주었는데, 나를 본 네가 버럭 화를 냈잖아.
미련하게 뭐하는 짓이냐고, 누가 이렇게 해달라고 했느냐고.
나는 네가 왜 화를 내는지 알 수 없어서 조금은 먹먹한 기분이었어.

그런데 너는 금세 내가 들고 있던 우산을 받쳐 들고
"짜증 내서 미안. 가자"고 그러더라.

그날, 집으로 가는 내내 내 오른편에서 걷던 너의 오른쪽 어깨는
흠뻑 젖어 있었어. 자꾸 내 쪽으로만 우산을 기울여 씌워주었으니까.
그래, 미안하다는 뜻이었겠지. 근데 그것보다 더 슬펐던 것은
네가 이유 없이 내게 짜증을 내는 모습 뒤로 사랑이 소멸해가는 복잡한
감정을 느꼈기 때문이었어. 너도, 나도, 그 누구도 설명할 수 없는.

아까부터 너는 줄곧 창밖에 시선을 둔 채 얕은 한숨을 내뱉고 있다.

비가 그치려고 하지 않네.
이 지루한 장마는 언제쯤 끝이 날까?

너의 혼잣말. 이제 그만 일어서야 할 것 같아.
그리고 나, 더는 모른 척 못 하겠어.

사랑이 끝나고 나면 그 둘 사이에는 뭐가 남을지, 어떤 기억이 남을지
궁금했던 적이 있었다. 내가 기억할 그 사람의 모습보다는,
그 사람에게 기억될 내 모습이 더 궁금했다. 어차피 흐릿해질 거라면,
그러다가 흔적도 없이 지워질 거라면 그 사람과 나 사이에
아무것도 남지 않으면 좋겠다고 생각했던 때가 있었다.

비가 그치고, 습한 밤 공기가 온몸을 감싸 안듯이,
한때 사랑이었지만 지금은 사랑이 아닌 것들도 공기처럼 흔적도 없이
그저 나를 가만히 안아주었으면 그랬으면······.

___ 좋은 사람

어젯밤에는 잠이 오지 않아서 한동안 뒤척였어.
그러다가 결국 텔레비전을 켰고, 이리저리 채널을 돌리다가
케이블 채널에서 하는 어느 프로그램의 재방송을 보게 되었어.
사람들이 잘 알고 있는 어느 여배우가 나오고 있었지.
올해 나이가 예순일곱이라는 그녀.
그녀는 그 나이에 맞는 주름을 가졌고,
그 나이에 어울리는 여유와 품위를 지니고 있었어.
무엇보다 그녀를 빛나게 해준 건 맑고 투명한 눈빛이었어.
그녀의 눈빛은 마치 여전히 꿈을 꾸고 있는 소녀 같았어.
순수했던 젊은 시절의 지난날을 향한 확신,
그리고 지난날의 설렘이 가득한 그 눈빛이 마음에 무척 들었어.

그녀는 우리 부모님께서 딱 지금의 내 나이였을 즈음에 굉장히 유명했던
은막의 스타였어. 그녀가 사랑한 남자는 촉망받는 피아니스트였대.
두 사람은 운명처럼 사랑에 빠졌어.
그녀는 지금도 결혼하기 전 둘이서 함께 살 방을 구하러 다니던
가난했던 그때가 진심으로 기쁘고 행복했다고 말했어.
몽마르트르 언덕, 허름한 한 칸짜리 방에서 나눈 추억이
평생을 간직하고 싶은 영화 속 한 장면처럼 남아 있다는 고백을 하는데,

왜 가슴이 뭉클하고, 금방이라도 눈물이 날 것 같았는지
그 이유를 모르겠어. 남편과의 추억을 이야기하는 내내,
그녀는 정말이지 너무나 애틋한 표정으로,
혹여 그 추억이 닳을까 아까워서 망설이는데
그걸 뭐라고 설명해야 좋을까.
단지 '아름답다'는 말로는 부족한 그런 느낌이었어.

그런 그녀가 마지막에 이런 말을 하더라.

자기는, 자기에게 맞는, 좋은 사람을 만난 것 같다고.

일생을 살면서, 또 누군가를 사랑하면서
그런 말을 할 수 있는 사람이 얼마나 될까?
아니, 나에게 맞는 좋은 사람을 만나 그런 사랑을 할 수 있는 사람이
세상에 몇 명이나 될까? 그런 사람을 만날 수 있기는 하는 걸까?
아, 자꾸자꾸 생각이 많아진다.

아무튼 어젯밤 나는 멍한 기분이 되어서 한참을 앉아 있었나 봐.
그러다가 불을 켜고 청소를 시작했어. 먼저 책상. 나는 서랍을 열고,
거기에 담겨 있던 아주 작은 것들 하나하나를 다 꺼냈어.
지금까지 이런 걸 왜 버리지 않고 남겨두었을까 싶은 자질구레한
것들까지. 그러다가 발견한 약 봉투. 거기에 적힌 내 이름 석 자,
그리고 2007년 2월 21일이라고 적힌 또렷한 날짜.
아주 잠깐, '이게 뭐지?' 궁금했는데, 금방 생각났어.
우리가 사귄 지 얼마 되지 않았을 때였을 거야.
내가 몸에서 열이 나는 것 같다고, 아무래도 감기에 걸린 것 같다고 하자

네가 몇 시간 뒤 약을 사서 우리 집 앞에 찾아왔었잖아.
진눈깨비가 흩날리는 꽤 추운 겨울날이었는데.
그날 너는 귤이 담긴 비닐봉지와 감기약을 내 손에 꼭 쥐여주면서
'이거 먹고 한숨 푹 자라'고 말해주었어. 너의 그 마음이 두고두고
고마워서 나는 그 약봉투를 지금까지 버리지 못했나 봐.
너의 그 마음을 오래오래 기억하고 싶어서.

다음은 화장대. 언제부터 쓰지 않은 건지 모를 정도로 뽀얗게
먼지가 앉은 화장품들 사이에서, 언젠가 네가 아르바이트를 하고
월급 받은 기념으로 사준 향수를 발견하고 나는 또 너를 그려보았어.
너무 소중해서, 그만큼 아까워서 너 만날 때만 손목에 조금씩 뿌렸는데,
그렇게 아끼다가 결국 다 쓰지도 못했네. 그런데 나 좀 봐.
이 새벽에 뭐하는 거니? 조금 개운해지고 싶어서 시작한 일이
이렇게 커져버렸네.

그런데 있잖아. 문득, 다행이라는 생각이 들었어.
너를 잃어도 추억은 남으니까. 네가 없어도 추억까지 사라지는 건
아니니까. 너와 관련된 물건들. 처음에는, 아주 잠깐은 말끔하게
정리해버릴까 생각했어. 하지만 그럴 순 없었어. 결국 나는 작은 상자를
꺼내어 그곳에 너의 흔적을 담아두기로 했어. 그리고 그 상자는 다시
서랍 깊숙한 곳에 넣어뒀어. 언젠가 나중에 그걸 꺼내어 본다면, 나는
이렇게 생각할 것 같아.
마음이 참 따뜻했던, 한 사람이 내 곁에 머물렀었구나, 라고.

조금 슬프지만,
내가 너를 기쁘게 추억할 수 있게 해줘서 고마워.

조금 슬프지만,
내가 너를 기쁘게 추억할 수 있게 해줘서 고마워.

사랑한다는 것,
사랑받는다는 것

나는 그에게 이별을 말했다.
그는 짐작했다는 듯, 그렇지만 받아들이기 어렵다는 듯,
아니 이해할 수 없다는 듯 꽤 오래전에 끊었다던 담배를 다시 꺼내 물고
나를 바라본다. 나는 그가 담배를 마저 다 피울 때까지 기다렸다가
자리에서 먼저 일어서야겠다고 생각했다.
잠시, 침묵의 시간이 흐르고 담담하게 마지막 인사를 하고
돌아서는 내게 그가 묻는다.

너한테 나는 뭐였어?

너무 흔해서, 그래서 어쩌면 좀 통속적으로까지 느껴지는
그 말을 입 밖으로 내뱉는 그가, 나는 안쓰럽다.
그 말을 하기까지, 짧은 순간 여러 번 망설였을 그의 마음을 알면서도
'사랑했었다'는 말 한마디면 우리의 이별이 조금은 그럴싸해질 거라는
것을 알면서도, 나는 기어이 마침표를 찍고 만다.

뭐가 되고 싶었는데? 그런 말들, 좀 우습잖아.
그러지 말자, 우리.

그를 카페에 혼자 남겨두고 나오면서,
나는 스스로 사랑받을 자격이 없는 사람처럼 느껴졌다.
물론 그런 기분이 처음은 아니었다. 그가 나에게 주는 사랑과
나에게 쏟는 정성에 비해 내가 턱없이 부족한 사람처럼 느껴질 때마다
나는 그에게 미안해했고, 그때마다 그는 말했다.

이해하니까 괜찮아. 이해할 수 있어.

아직은 누군가를 사랑할 준비가 안 되어 있다고 말했을 때,
그때도 그는 그렇게 말했다. '충분히 이해한다고. 이해할 수 있다'고.
더 많이 사랑하는 쪽이 약자라는 누군가의 말처럼,
솔직히 나는 그와의 사랑 앞에 내가 강자라는 사실에 안도하면서,
적어도 내게 어려운 게임이 되지는 않을 거라는 계산을 미리 하고
있었는지도 모른다.
그렇게 시작된 그와 나. 그는 내 모든 것을 다 알고 싶어 했지만,
나는 내 모든 것을 내보이고 싶지는 않았고,
그래서 그가 한 걸음 다가서면 두세 걸음쯤 뒤로 물러서서
그를 지켜보았다.

이래도 괜찮아? 이래도 이해할 수 있다고?
이것 봐, 나는 당신의 사랑을 받을 자격이 없어.

언제였던가. 그는 플로피 디스켓 한 장을 내 앞에 내밀면서 말했다.

대학에 가서 처음으로 리포트라는 걸 쓰고 저장했던 플로피 디스켓이야.
그때가 2001년이었나? 이젠 쓸모없어졌다고 생각하니까 좀 슬프더라고.

그래도 기념으로 간직하고 싶어서 남겨뒀어.

나는 무덤덤한 표정으로 가만히 그의 이야기를 듣고 있는데,
갑자기 그가 우리의 이별을 예감했는지 슬픈 눈빛이 되어서 그랬다.

너한테 나는 필요 없는 사람인 것 같아.
쓸모없어진 플로피 디스켓처럼. 이게 꼭 나 같아.

그리고 헤어진 후 꽤 오랜 시간이 흐른 뒤에
그는 내게 전화를 걸어왔다.
술에 조금 취해 있던 그는 어느 때보다 진심이 느껴지는
목소리로 말했다.

너를 사랑하는 동안 60퍼센트쯤은 너를 이해하려고 애썼고,
나머지 40퍼센트는 너를 사랑했는데…….
네가 나한테 조금만 더 마음을 열어줬다면,
그래서 너의 힘들고 아픈 부분까지 내가 알았다면,
아마도 나는 너를 90퍼센트 사랑으로 감싸 안았을 거야.
지금, 문득 그런 생각이 들었어. 그래서 하면 안 되는 걸 알면서도
전화를 걸었어.
미안…… 잘 지내.

'잘 지내라'는 그의 마지막 말은,
'다시 시작하자'는 말보다도, 나를 더 아프게 한다.

나는
너의 좋은 아내가
되고 싶었어

'아내'라는 말 있잖아. 아내, 아내……
아내라는 말, 참 듣기 좋지 않아?
와이프, 집 사람, 부인, 처…… 뭐, 여러 가지 표현이 있지만
나는 '아내'라는 말이 참 듣기 좋더라.

언제였더라. 우리, 스무 살 때였나?
아니, 네가 군대 가기 직전이었으니까 스물두 살 때?
무슨 말끝엔가 나는 너에게 이런 말을 한 적이 있었다.
그때 너는 뒤로 넘어갈 만큼 크게 웃었고, 괜스레 민망해진 나는
눈을 흘기고, 자꾸 다른 말을 하려고 했었던 것 같다.
아무튼 그날 너는, 나와 눈이 마주칠 때마다 풋 하고 웃음을 터뜨렸다.
그 후로도 너는 가끔 그 일을 빌미로 짓궂게 나를 놀리곤 했다.
원한다면 '아내'라고 불러줄 수 있다'고.
그땐 우리, 그냥 친구였는데.
그때 우린, 서로에게 별로 특별하지도 않았었는데.

어느 날, 친구들이랑 실컷 놀다가 해질 무렵에 집에 들어왔는데,
외삼촌이 우리 집에 오신 거야. 우리 삼촌, 젊었을 때
정말 잘 생겼었거든. 나를 엄청 예뻐하셨지.

근데 삼촌 옆에 처음 보는 낯선 언니가 서 있었어.
그리고 우리 아빠 엄마에게 공손하게 인사를 하더니 삼촌이 그러더라.

제가 결혼하고 싶은……
제 아내가 될 사람입니다.

우리 삼촌이 '아내가 될 사람'이라고 말하던 그 순간,
그 언니의 두 뺨은 꼭 복숭아 같았어.
그리고는 발그레하게 웃는데 그 모습이 얼마나 예쁘던지.
나 정말, 한눈에 반해버렸어.
솔직히 그때 나는 아내라는 말이 무슨 뜻인지도 모르는 꼬마였는데,
그런데도 그 순간의 느낌이 참 좋았나 봐.
아직까지도 이렇게 생생하게 기억나는 걸 보면.

내가 여기까지 말했을 때, 너는 장난기 가득했던 웃음을 거두고
제법 진지한 표정이 되어서 두 손으로 턱을 괴고 나를 바라봤다.

그래서? 그래서 또 어땠는데?
내가 삼촌과 그 언니를 넋을 놓고 바라보고 있으니까 우리 아빠가 그랬나,
엄마가 그랬나? 이제 외숙모 생겨서 좋겠다고,
외숙모라고 부르라는데 내가 그랬어.
삼촌한테 아내가 생겼대요. 이 언니가 삼촌의 아내래요. 라고.

아마도 그때부터였던 것 같아. 나중에 커서 어른이 되고,
누군가를 사랑하게 되고, 그래서 결혼이라는 걸 하게 되면
'제 아내가 될 사람입니다'라고 말해주는 사람과

사랑을 해야겠다는 다짐 아닌 다짐 같은 걸 했으니까.
나도 우리 외숙모처럼, 발그레하게 웃으면서
'아내가 되어 달라'는 말을 듣고 싶었거든.
내가 좀 조숙했나?

지금 내 앞에 앉아 있는 너.
나를 향해 가만가만 고개를 끄덕이는 너의 눈빛이 참 따뜻하게 느껴져.
나는 지금 너의 이 표정이 참 좋다.
너는 늘 그랬잖아.
내가 무슨 말을 해도, 심지어 이유 없이 짜증을 내거나
화를 낼 때조차도 아무 말 않고 고개를 두어 번쯤 끄덕이고,
그런 다음에는 빙긋이 웃어주고.
그러면 나는 이렇게 너를 따라 웃고.

근데, 언제쯤 말해줄 거야?
어쩌면 내가 먼저 고백할지도 모르겠다.

나는 너의 좋은 아내가 되고 싶어.

Part 4

누구에게나 잊히지 않는 이름이 있지.
살다보면 어쩌다 한 번씩 입안에서 맴도는 이름.
아주 가끔은 손끝으로 적어내는 그런 이름.
그때마다 나는 버릇처럼 손을 꼭 움켜쥔다.
너와의 사랑이 여기 내 손바닥 위에,
나에게만 보이는 글씨로 그려지는 것 같아서.

언젠가 네가 그랬듯이 손가락으로 한 글자 한 글자 적어본다.
우리 사랑이 있던 자리야.

그 사람의 숨소리가
가만가만 들려올 때

어렸을 때, 옆집에 살던 동갑내기 친구가 있었어요.

거의 매일 붙어 다녔던 것 같아요.

아마도 그 애가 내가 기억하는 최초의 친구일 거예요.

어느 날 우리 가족은 아버지를 따라 이사를 가게 됐어요.

너무나 갑자기. 그 시절, 나는 '이사'라는 말이 뭔지도 몰랐는데……

아무튼 두 번 다시 그 친구를 볼 수 없다는 생각에

우리는 서로 부둥켜안고, 울고불고, 떼쓰고,

그렇게 힘들게 내 첫 번째 친구와 이별을 했어요.

그래도 초등학교 3학년 때까지는 드문드문 편지도 주고받고

그랬던 것 같은데, 시간이 지나면서 자연스럽게 멀어졌어요.

지금은 어디에 사는지, 어떻게 지내는지도 몰라요.

그렇다고 뭐 특별히 그 친구가 생각난다거나, 특별히 궁금하지도 않아요.

아, 대학에 들어갈 무렵에 우연히 그 아이의 엄마와 우리 엄마가

연락이 닿아서 딱 한 번 만난 적이 있어요.

한때는 그렇게 그리워하고, 보고 싶어했던 친구였는데,

막상 만나니까 어색하고 불편했어요.

딱히 무슨 말을 해야 할지도 모르겠고.

더군다나 그 애와 내가 기억하는 것이 정확히 일치하지도 않았어요.

그거, 기억나? 너 옛날에 이랬었는데……
너 그때 그랬잖아.

그렇게 흔하디흔한 추억의 레퍼토리가 끝나자,
우리의 대화는 더는 이어지지 않았어요. 그걸로 정말 끝이었어요.
내가 기억하는 최초의 친구와의 인연은 그게 마지막이었죠.

우리 집은 이사를 참 자주 다녔어요.
그러다 보니 중학교를 졸업할 때까지 제 별명은 '전학생'이었어요.
누군가 내 이름 석 자를 기억하고 진짜 친구가 되기 전까지,
나는 누구에게나 그저 낯선 전학생일 뿐이었어요.
그렇게 간신히 학교에 정을 붙이고, 어느 정도 익숙해질 때면
여지없이 나는 그곳을 떠나야 했어요. 심지어 방학 중에 전학을
가는 바람에 친구들과 마지막 인사조차 나누지 못한 적도 있었어요.
그런 과정을 몇 번 반복한 후에는 아예 처음부터
그 누구에게도 마음을 주지 않게 되었어요.
마음을 열지 않는 게, 마음을 주지 않는 게
떠날 때 훨씬 쉽다는 사실을 어린 나는 잘 알고 있었어요.
혹시나 마음을 주게 되더라도,
나중에 내가 아프거나 힘들지 않을 만큼, 딱 그만큼만 주면 되었어요.

그래서 누군가를 떠나보내고,
누군가로부터 떠나는 일이
나한테는 그리 어렵지 않아요.

마지막이라고, '정말 마지막으로 한 번만 보자'고

당신이 집 앞으로 찾아왔던 날.
아무 말 하지 않고,
한참 동안을 벤치에 고개를 숙이고 앉아 있던 당신이
마음을 정했는지 자리를 툭툭 털고 일어서면서, 그랬죠?

한 번 안아보자.

내가 '왜'도 아니고 '뭐하러'라고 그랬는데
당신은 멋쩍게 하지만, 조금은 슬프게 웃으면서 그랬어요.

오래오래 잊고 싶지 않아서.

아마도 그때가 처음이었던 것 같아요.
오래오래 잊지 않고 기억하고 싶다는 당신의 그 말에
내 마음이 흔들렸거든요.
당신이 나를 안고서 두어 번쯤 가볍게 등을 두들겨주는데,
갑자기 내 마음이 뜨거워졌어요.
'어차피 다 잊을 거면서'라고 코웃음 치는 그 순간에도,
짧은 포옹 뒤 애써 담담한 척 '잘 가~'라고
당신의 손을 놓아버리면서도,
나는 내가 준 마음 때문에 당신을 잊지 못하면 어쩌나 불안했어요.
그리고 당신과 반대 방향으로 걸어가며 생각했어요.
당신과의 이별은 조금, 다를 수도 있겠구나.

사람은 사라졌는데도
그 사람이 내 곁에서 쉬던 숨이,
가만가만 머물던 그 숨이
자꾸만 느껴집니다.

한 번 안아보자.
뭐하러?
오래오래 잊고 싶지 않아서.

사랑이
머물던 자리

텔레비전 채널을 돌리다가 우연히 다큐멘터리를 보게 되었어.
선한 눈매와 입매가 똑 닮은 부부가 주인공이었어.
아내는 몇 년째 원인을 알 수 없는 병으로 투병 중이었는데,
그래서인지는 몰라도 점점 기억을 잃고, 점점 아이가 되어가고 있었어.
병원 밖의 세상은 하루가 다르게 변해가고,
시간은 앞으로만 흘러가는데 병원에 갇힌 아내의 시간은
자꾸만 거꾸로 흘러가는 거야.
의사의 말로는 아내의 기억이 일곱 살에서 멈춰버렸대.
남편은 그런 아내를 마치 아기를 돌보듯 머리카락을 매만져주고
볼을 쓰다듬으면서 매일매일 아내의 손바닥에 글씨를 써.

'명희야, 우리를 절대 잊지 마. 사랑해.'

아, 아내의 이름이 명.희.구나. 참 예쁜 이름이네.
무표정한 얼굴로 가만히 남편을 바라보던 아내는
방금 손바닥에 쓰인 글씨의 의미를 안다는 듯 아주 잠깐,
눈가가 촉촉해져.
때로는 뭔가 생각이 난 듯 입술을 실룩거려.
아내의 입에서는 금방이라도

'여보, 걱정하지 마. 잊지 않을게'라는 말이 터져 나올 것만 같은데,
안타깝게도 다시 일곱 살 먹은 어린 아이의 눈빛이 되어서
전혀 다른 말을 해.
아, 눈물이 날 것 같아서…… 더는 못 보겠더라.

이제는 과거가 되어버린 어느 날.
너는 무릎 위에 얌전히 올려둔 내 손을 유심히 살펴보면서
이렇게 말했었지.

이제 보니까 너, 손…… 참 못 생겼다.

갑자기 부끄러워진 나는 무릎 위에서 두 손을 꼼지락 꼼지락
어쩔 줄 몰라 하다가, 어쩌면 조금 궁색하게 들릴지도 모를
변명을 늘어놓았어.

내가 연필을 좀 이상하게 쥐거든.
세 번째 손가락에 힘을 주고 글씨를 써서 그런지 굳은살이 생겼어.
이것 봐, 왼손은 그렇지 않잖아.

나는 왼손을 네 앞에 펼쳐 보였어.
그런데 네가 장난기 가득한 얼굴로 나를 보며 그러더라.

내가 손바닥에 무슨 글씨를 쓰는지 맞춰봐. 보면 안 돼.

간질간질…… 뭐라고 적는 것 같기는 한데,
도무지 감이 잡히지 않아서 내가 모르겠다고 하니,

너는 '마음이 착한 사람만 읽을 수 있어.
눈을 감고 집중해봐'라고 말했지.
그런데 정말 신기하게도 눈을 감고
너의 손끝에, 그리고 너의 마음에 집중하니까,
진짜로 너의 마음이 읽히기 시작하는 거야.
너의 손가락은 이렇게 속삭이고 있었어.

내가, 너를, 사랑하는 것 같아.
이게 내 마음이야.

누구에게나 잊히지 않는 이름이 있지.
살다보면 어쩌다 한 번씩 입안에서 맴도는 이름.
아주 가끔은 손끝으로 적어내는 그런 이름.
그때마다 나는 버릇처럼 손을 꼭 움켜쥔다.
너와의 사랑이 여기 내 손바닥 위에,
나에게만 보이는 글씨로 그려지는 것 같아서.

언젠가 네가 그랬듯이 손가락으로 한 글자 한 글자 적어본다.
우리 사랑이 있던 자리야.

잊지 마.

언젠가 네가 그랬듯이
손가락으로 한 글자 한 글자 적어본다
우리 사랑이 있던 자리야

잊지 마

아프리카 펭귄이
사랑하는 방법

생각나니? 우리가 자주 가던 공원 말이야.
어느 여름날, 해가 질 무렵이었지.
시계는 저녁 여덟 시를 넘어가는데 밤보다 낮이 긴 까닭에
공원에는 더위를 식히러 온 사람들이 유난히 많았지.
우리는 공원 근처 편의점에 들러 맥주 한 캔을 산 뒤,
후텁지근한 공기 속에서 맥주 한 모금 홀짝이며
시원한 바람을 느끼고 있었어. 그래서 기분이 좋았나 봐.
우리 두 사람, 제법 오랜 시간을, 거기, 그 자리에 앉아 있었으니까.
맥주 한 캔을 다 비운 후였나?
네가 갑자기 펭귄 얘기를 꺼냈어.

그거 알아? 아프리카에도 펭귄이 산대.

내가 '진짜?'라고 했나?
아니면 '거짓말하지 말라'고 그랬나?
너는 다 마신 맥주 캔을 오른손으로 가볍게 구기면서 말했어.

어느 책에서 읽었는데 남아프리카공화국 케이프타운에는
겨울이 있어서 정말 펭귄이 산대.

자카드 펭귄이라고 불리는 녀석들인데,
이 녀석들이 아프리카에 사는 펭귄보다 더 유명해진 이유가 뭔지 알아?
사랑이래, 그들이 서로를 사랑하는 방법.

나는 호기심 가득한 눈빛으로 '어떻게?'라고 물어봤지.
너는 빙긋 웃더니 '아주 쉽고도 어려운 방법'이라면서 이렇게 말해주었어.
'자카드 펭귄은 평생 단 한 사람만을 사랑하고,
단 하나의 사랑을 나눈다'고.
아무리 멋진 펭귄이 나타나도 절대로 한눈팔지 않고,
어느 한 쪽이 죽는 마지막 순간까지 묵묵히 그 곁을 지킨다고.

그 순간, 너와 내가 발을 딛고 있는 그곳이 자카드 펭귄들이 산다는
남아프리카공화국의 볼더스 비치처럼 느껴졌어.
나는 나도 모르게 살짝 너의 어깨에 기댔고,
가만가만 느껴지는 너의 숨소리를 들으면서,
평생 단 한 사람을 사랑한다는 그들처럼
오래오래 그렇게 너와 사랑하고 싶다는 생각을 했었어.
그런데 그게 왜 아주 쉽고도 어려운 방법인지,
네가 그렇게 말한 이유를 한참 후에 알게 됐어.
아주 한참 후에.

누군가를 온전히 사랑할 때, 우리는 그 사람을 믿게 되잖아.
그냥 믿어버리잖아.
굳이 새끼손가락을 걸고 약속하지 않아도,
굳이 영원히 함께하자는 말을 하지 않아도,
사랑하니까, 사랑하기 때문에
그 사람을 믿고, 그 사랑을 믿잖아.

누군가와의 영원을 꿈꾸는 일.
사랑.

바람이
전하는 말

창문을 활짝 열어뒀는데도 오늘 밤 내 방에는
바람 한 점 스며들지 않는다.
꽤 오랫동안 어디선가 불어올 바람을 기다리며 고개를 내밀고
창문 앞에 서 있던 나는 일부러 바람을 만들어내기로 한다.
한참 동안 손으로 휘휘 허공을 가르다가 책꽂이에 꽂아둔,
지난겨울 지하철역 간이 서점에서 산 얄팍한 영화잡지를 꺼내어
부채처럼 흔들다가, 그마저도 힘들다고 느껴지자
선풍기 앞에 얼굴을 갖다 대고 눈을 질끈 감는다.
미적지근한 바람이 아주 잠깐 습기로 끈적끈적한
내 얼굴을 씻어주는 것 같지만,
이마저도 무겁게 느껴지는 걸 보면
그 바람마저도 금세 후텁지근한 공기 속으로 스며드나보다.

나는 갑자기 무슨 마음이 들었던 걸까?
선풍기 앞에 구부정하게 앉아 아~ 하고 소리를 내본다.
내 목소리가 선풍기 프로펠러를 타고 아주 잠깐 공기 중에 머물다
다시 귓가에 들려오는 데 걸리는 시간은 거의 찰나에 가깝다.
그런데도 내 목소리는 분명 미세하게 떨렸고, 다른 소리를 내고 있었다.
나는 그저 의미 없는 말을 던졌을 뿐인데

바람결에 당신의 이름이 들려오는 것 같았다. 분명, 그랬다.

여덟 살 때였나? 아주 오래전 일이라,
그래서 나는 기억도 잘 안 나는데,
어느 날 갑자기 외삼촌 가족이 이민을 가게 되었다.
공항에 가본 것도, 손바닥만 한 줄로만 알았던 비행기가
실은 어마어마하게 크다는 것도 그때 처음 알게 되었다.
엄마, 이모들, 사촌언니, 사촌오빠들……
공항 출국 게이트 앞에서 눈물로 마지막 작별 인사를 나누는데,
울지 않는 단 한 사람이 있었다.
바로 우리 할머니.
할머니는 담담한 표정으로, 아니 조금은 이상하다 싶을 정도로
의연하고 씩씩하게 '어서 가라'고 자꾸 등을 떠미셨다.
그런데 그날 우리 할머니의 마지막 말이 나는 두고두고 기억에 남았다.
입술을 깨물고 눈물을 참는 외삼촌 등을 토닥이며
할머니는 이렇게 말씀하셨다.

걱정 말고 가서 잘 살아라.
보고 싶으면 사진을 보고, 하고 싶은 말은 바람을 통해 전하거라.
그러면 내가 다 듣고 있을 테니까.

그때부터 나는 바람이 불어올 때마다 이런 생각을 하게 되었다.
아, 누군가 그리운 누군가에게 할 말이 있나보다.
아, 누군가 말로 다하지 못한 마음을 바람에게 전하려나보다.

오늘도 당신에게서는 연락이 없다.

나 역시 당신에게 전화를 걸거나
문자 메시지를 보내지 않았지만
당신의 연락을 기다렸다.
하루 종일 혹시나 하는 마음에 휴대전화를 손에서 놓지 못했고,
시선을 거두지도 못했으니까.
생각해보면 당신과 나, 우리 두 사람은
'서로 생각할 시간을 갖자'거나,
'이젠 그만 끝내자'거나 하는 이별을 예감하게 하는 말도 하지 않았다.
어쩌면 우리 두 사람은 바람이 잦아들 듯,
그렇게 고요하게 서로에 대한 마음을 정리하고 있는지도 모른다.
그래서 나는 더 두렵다.

당신도 내 마음과 같다면
바람처럼 불어오기를, 바람처럼 내게 찾아와주기를.

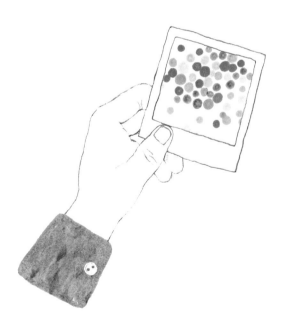

아이스크림
사랑

오늘 낮에 보니까 동네 꼬마들이 그늘에 쪼르르 모여앉아서
아이스크림을 먹고 있더라.
그런데 아무리 보아도 입으로 들어가는 것보다
녹아서 흘러내리는 게 더 많은 것 같아.
녀석들, 녹아내리는 아이스크림이 아까워죽겠는지
온통 거기에만 정신이 팔려서, 정말 열심히 아이스크림을 먹더라고.
하긴 나도 그랬던 것 같아.
시원하고 달콤한 아이스크림을 혀끝으로 녹여 먹으면서,
점점 작아지는 아이스크림을 볼 때마다 얼마나 애달파했는데.
아, 이런 생각을 해본 적도 있었어.
누군가가 다 먹을 때까지 절대로 녹지 않는 아이스크림을 만들어내면
좋겠다는 생각. 몇 년 전, 일본에선가 잘 녹지 않는 아이스크림이
개발됐다는 뉴스를 본 것 같기도 해. 어쨌거나 동네 꼬마들 때문에
나는 오늘 모처럼 아이스크림을 하나 샀는데,
역시나 다 먹지도 못하고, 녹아버려서 중간에 버려야 했어.

언젠가 너에게 이런 말을 한 적이 있었지.
그날 우리는 기분이 딱 좋아질 만큼만 맥주를 마시면서,
꽤 오랜 시간 서로를 바라봤던 것 같아.

얼마 후, 내가 이렇게 말했지.

내가 아는 선배 얘기야. 선배가 사귀던 사람이 있었는데,
그 여자 친구가 어느 날 이렇게 묻더래.
아직도 내가, 오빠 눈에 예뻐요?

그 순간, 너는 '그게 뭐? 그게 어때서?'라는 눈빛으로 나를 보다가,
손에 들고 있던 땅콩 하나를 입에 넣으면서 말했어.

너도 가끔 나한테 예쁘냐고 물어보잖아.
지난번에 새로 산 원피스를 입고 왔을 때도 그랬고,
또 머리 스타일 바꿀 때도 꼭 물어보잖아.

나는 두어 번쯤 고개를 가볍게 흔들고 손사래를 쳤어.
'아냐, 그것과는 분명 다르다'고 얘기했던 것 같아.
그 선배의 여자 친구가 '예쁘냐'고 물어봤지만,
그것은 아마도 '아직도 나를 사랑하느냐'는 뜻이었을 거라고.

그 선배가 그러는 거야.
여자 친구가 자기를 바라보면서 왠지 자신 없는 눈빛으로
아직도 자기가 예쁘냐고 물어오는 모습이, 그 눈빛이 참 슬프더래.
아니, 슬프게 느껴지더래. 그리고 생각했대.
이 예쁜 사람에게 내가 더는 이러지 말아야겠다고.
정말 신기하고, 또 이상한 건 3년 동안 뜨겁게 사랑했던 두 사람이
그즈음에 감정이 예전 같지 않았다는 거야.
선배의 여자 친구도 그걸 느꼈던 거겠지.

그래서 사랑을 확인받고 싶었을 테고. 그런데 그 두 사람,
얼마 후에 정말로 헤어지게 됐대.

너는 아무 말 없이 잔을 비웠고, 나는 너의 입가에 묻은
맥주 거품을 닦아주면서 내 속에 담아두었던 말을 조심스럽게 건넸지.

사람 마음이라는 게 언제라도 변할 수 있는 거니까,
바뀔 수 있는 거니까……
그러니까 너도 어느 날 내가 미워지면 말해줘.
우리, 미워 보이는데도 아닌 척,
사랑하지 않는데도 사랑인 척 애쓰지 말자.
내가 너한테 '나를 사랑하느냐'고,
'정말 나를 사랑하는 게 맞느냐'고 그런 말은 하지 않게 해줘. 부탁이야.

어쩌면 우리는 늘 이런 바람을 품고 누군가를 사랑하는지도 몰라요.
언젠가 서로 헤어져야만 한다면,
사랑이 조금이라도 남아 있을 때
내가 누군가에게, 여전히 예쁜 사람으로 남아 있을 때,
그래서 완전히 녹아버리기 전에
그때, 헤어지고 싶다는 소망.

잠도
오지 않는 밤에

누구였더라, 누가 그랬는데.
유난히 잠이 오지 않는 날이면,
나를 그리워하는 누군가가 이 시간까지 잠들지 못한 채
나를 골똘히 생각하고 있는 게 아닐까, 그런 생각이 든다고.
그 사람이 잠들지 말라고 자꾸만 나를 흔들어 깨우는 건 아닐까 싶다고,
그냥 그런 생각이 든다고,
그래서 눈 비비고 일어나 옷을 챙겨 입고
지금 당장에라도 그 사람을 만나러 집을 나서야 할 것만 같다고.
요 며칠, 유난히 당신 생각에 힘들었던 나는,
혹시 이 시간까지 잠들지 못하고 나를 그리워하는 사람이
당신이 아닐까,
당신이었으면,
당신이기를 바라본다.

오늘 밤도 잠이 오지 않아.
거실로 나가 냉장고 문을 열고, 한참을 그 앞에 서 있으니
잠이 좀 깨는 것 같고, 머릿속이 맑아지는 것 같아.
나는 유리잔 가득 얼음을 담아서 사탕처럼 입안에서 오독오독
깨물어보지만, 그런데도 마치 뜨거운 불덩이 하나를 삼킨 것처럼

여전히 명치끝이 뜨겁기만 해.
나, 오늘도, 일찍 잠들기는, 틀린 것 같아.

우리 두 사람, 마지막으로 만났던 날, 기억해?
그날, 우린 참 많은 말들을 했고, 또 많은 말들을 들었던 것 같아.
그런데 난 기억이 잘 나지 않아. 그냥 날씨가 꾸물꾸물 흐렸다는 것,
그래서 헤어질 무렵에 내 뺨 위로 빗방울이 한두 방울
떨어졌다는 것, 그리고 내 등 뒤로 터벅터벅 점점 멀어지는
당신의 발자국 소리가 들렸다는 것만 생각이 나.
그냥 막연하게 좀 슬프다고 생각했나 봐.
아, 누군가의 손을 놓는다는 게 이렇게 아픈 거구나.
아, 누군가를 없던 사람으로 지운다는 게 이렇게 힘든 거구나,
라는 그런 생각만 했던 것 같아.

그날 이후 꽤 오랜 시간이 흘렀는데,
나는 아직도 당신과 내가 마지막으로 함께 서 있던
지하철역을 지날 때면 그날의 무거운 발걸음과
그날의 무거운 마음이 되살아나는 것 같아.
그날, 당신은 헤어지면서 이렇게 말했었지.

우리, 헤어지더라도…… 보고 싶으면 한 번씩 보자.
서로 어떻게 지내는지, 어디 아픈 데는 없는지
가끔은 안부도 물으면서, 그렇게 살자.

나는 고개를 끄덕이는 대신,
영영 이대로 마지막일 것 같은 당신의 눈을 바라보면서 대답했어.

당신은 그게 되는구나. 아무래도 나는 그게 안 될 것 같은데.
나, 먼저 갈게.

사실 그렇게 말하고 돌아서는 순간에 나는 좀 두려웠었어.
그런데 이렇게 당신을 그리워할 줄 알았다면
'그러겠노라'고 할 걸 그랬나 봐.
정말로 보고 싶을 때는 한 번씩 보면서 살자고 할 걸,
나도 그게 좋겠다고 할 걸.
오른쪽으로 누워 있던 나는,
당신 생각에 반대쪽으로 돌아눕는다.

누군가는 사람과 사람의 인연이라는 게 별 게 아니라,
서로의 마음에 그리움이 남아 있는 상태,
그걸 인연이라고 말한대.
사랑은 끝났어도, 사랑했던 마음에 아직 그리움이 남아 있으니까.
그렇다면 우리는 진짜 인연이었던 게 아닐까?

당신 생각에 오늘처럼 잠 못 드는 날이면,
난 당신에게 조심스럽게 묻고 싶어집니다.
당신에게 나는,
여전히 그리운 사람인가요?

당신에게 나는,
여전히 그리운 사람인가요?

너무 멀지도 않게,
너무 가깝지도 않게

어느 여름밤.
잠이 오지 않아서 뒤척뒤척, 그러다가 당신한테 전화를 걸었지.

뭐해? 나, 잠이 안 와.

내가 아기가 잠투정하듯 종알거리자 당신이 그랬어.
'담배 한 대 피우느라 베란다에 나와 있는데 보름달이 참 밝다'고,
'밖을 한 번 내다보라'고.
당신 말대로 창문을 활짝 열고 하늘을 올려다봤는데,
그날 밤하늘은 유난히 까맸고, 달빛은 유난히 은은했어.
내가 웃으며 '달님이 소원을 말하면 뭐든 다 들어줄 것처럼
인자하게 생겼다'고, '어디 한 번 소원을 빌어보자'고 하니까
당신이 그랬지?
진짜 소원은 비밀로 해야 되는 거라면서,
서로에게 말하지 말고 속으로만 빌자고.
그래서 30초 정도였나?
우리 두 사람은 아마도 비슷한 포즈와
비슷한 표정으로 하늘을 올려다보았을 거야.

그날, 달님에게 무슨 소원을 빌었어요?
나는, 오래오래 우리가 사랑할 수 있게 해달라고 빌었는데.

어느 날엔가,
함께 손잡고 길을 걷다가 당신이 불쑥 이런 말을 해왔다.

사로스 주기라고 들어봤어?

나는 당신을 비스듬히 올려다보면서 고개를 가만히 흔들어 보인다.

알잖아. 우주의 탄생이니 우주의 신비니 이런 거,
내가 얼마나 머리 아파하는지.

그러자 당신은 그런 나의 반응이 낯설지 않다는 듯 차분하게
말을 이어갔다. 지구가 해를 19바퀴 돌 때,
달은 지구 주위를 정확하게 223번 공전하고,
이때 해와 달은 하늘의 같은 위치에서 만나게 되는데,
해와 달이 겹치게 되는 현상의 주기는 18년 11일 8시간쯤 된다고.
물론 난 속으로 그랬던 것 같아.
'그래서 그게 뭐 어떻다는 건데?'

내가 지루한 표정을 짓자, 당신은 잡고 있던 내 손을 잠시 놓았다가,
다시 내 오른쪽 어깨에 가만히 손을 올리며 말했었다.

어디서 들었는데 우주의 질서에는 사랑하는 방법이 숨겨져 있대.
달이 지구를 너무나 사랑한다고 해서 지구로 돌진해오지 않는 것처럼,

지구가 태양을 너무나 사랑한다고 해서 태양 속으로 녹아들지 않는
것처럼 말이야. 우주의 모든 별들이 저마다 빛을 내면서도
서로 부딪히거나 서로에게 상처 내지는 않잖아.
서로 일정한 거리를 지키면서, 그러면서도 서로를 지켜보는 거지.

그렇다.
당신은 내게,
우리도 그렇게 사랑할 수 있었으면 좋겠다고 말하고 있었다.

그날, 당신의 눈빛은 더없이 따뜻했는데……
그런데 나는 왜 겁이 났던 걸까?
시간이 한참 흐른 뒤, '왜 그랬을까?' 곰곰이 생각해봤는데,
우리 두 사람의 마음이 더 깊어져서
서로에게 기대하고 욕심내는 것들이 많아지면,
그래서 당신이 나로 인해 혹은 내가 당신으로 인해
상처입거나 부딪히게 되면
당신은 그쯤에서 사랑을 포기할 사람처럼 보였기 때문인 것 같아.

그리고 불행히도 그 예감은 틀리지 않았어.
당신은 상처까지 떠안을 사람은 아니었으니까.

너무 멀지도, 그렇다고 너무 가깝지도 않게
서로가 감당할 수 있을 만큼만 머물러주기를.

아무리 노력해도
되지 않는 일

바닷물이 얼어서 생긴 얼음, 그걸 해빙海氷이라고 부른대.
지난 주말이었나? 뉴스를 보는데, 북극의 해빙이 빠른 속도로
녹아내리고 있다는 거야. 위성에서 촬영했다는 사진을 보니까,
정말 북극 곳곳이 푸른 바다로 변해 있었어.
북극점 부근이 마치 호수처럼 보이는 거야.
하루에만도 무려 7만 제곱킬로미터 정도 되는
거대한 해빙이 사라진다는데,
그 어마어마한 면적이 상상이나 돼? 서울의 일백 배래.
그 어마어마한 면적이 하루에 없어진다는 거야.
불과 몇 년 전까지만 해도 두꺼운 얼음으로 막혀 있던 곳을
이제는 쇄빙선이 거침없이 지나간다는 뉴스를 보면서
나는 알 수 없는 공포감에 젖어들었어.
얼음이 녹아 바다로 변하고, 남아 있는 얼음의 두께도
1미터 남짓 불과해서 조금만 충격을 가해도 쉽게 깨져버리고……
이런 식으로 가다가는 지구가 점점 뜨거워져서 폭염이 더 심해질 거래.
그런데 그것보다 더 무서운 게 뭔지 알아?
북극의 빙하가 녹는 속도가 점점 빨라지는데,
지금 당장 그걸 막을 수 있는 방법이 없다는 거야.
이러다가는 정말 걷잡을 수 없는 상황이 될 텐데,

자연의 대재앙을 우리는 속수무책으로 지켜봐야 할지도 모른다는 거야.

산처럼 거대하고, 바윗돌처럼 단단하던 북극의 해빙이 그렇게 힘없이
무너져내리는 모습을 보면서 내가 무슨 생각을 했는지 알아?
내 마음 한구석, 아슬아슬하게, 겨우겨우, 지켜왔던 그 무엇이
순식간에 무너져 내리는 기분이 들었어.
그런데도 나는 아무것도 할 수 없는 거야.
그저 지켜볼 수밖에. 그저 아파할 수밖에.
아마, 그래서 그날 뉴스를 보고 좀 울었던 것 같아.

너와 내가 가여워서.
우리 사랑이 가여워서.

무책임하게 들릴지 몰라도, 더는 너도나도 어쩔 수 없을 것 같아.
그래서 참 많이 슬프고 아픈데,
어쩌면 우리 두 사람…… 여기까지인지도 모르겠어.

지난겨울, 헤어지고 나서 너는 '참 많이 힘들었다'고 했어.
나 역시 많이 힘들었고, 힘들었기에 너를 그리워했는지도 몰라.
나는 아직 사랑이 남아 있기 때문이라고 생각했고,
그즈음에 너도 나와 같은 마음이라고 말해왔지.
내 손을 잡으면서 네가 그랬잖아.

너만 괜찮으면…… 우리 다시 시작하면 좋겠어.

네 말대로, 다시 처음으로 돌아가서 새롭게 시작한 우리 두 사람.

사랑했던 누군가와 헤어진다는 것이 얼마나 아픈 일인지
마음으로 느꼈기에 얼마 동안은 그런대로 괜찮았던 것 같아.
어떤 때는 '너에게 이런 면이 있었나?' 싶을 만큼
너를 다시 알아가는 일이 새록새록 재미도 있었어.
그런데 있잖아. 나는 그게 참 싫었다.
서로 조심스러워하고, 서로 애쓰는 게 눈에 보이는 것들이.
이번에 헤어지면 우리 두 사람 정말 끝이라는 걸
너나 나나 잘 알기에 자꾸 머뭇거리게 되고,
더 조심하게 되는 그런 마음.
나는 그게 슬펐어.
그래서 오랫동안 생각해봤는데……
이제, 우리 그러지 말자.

너와 나, 우리 두 사람의 힘으로도 어쩔 수 없는 일.
아무리 안간힘을 써도, 결국 그렇게 되고 말 일.
사랑. 그리고 이별.

당신을 가슴에 담고
다른 사람을 보는 일

몇 번의 망설임과 고민 끝에 나를 잘 아는 선배에게
그 사람을 소개받기로 한 날. 나는 약속시간보다 10분 늦어버렸다.
미안하다고, 아무래도 제가 조금 늦을 것 같다는 문자 메시지를 보내고
만나기로 약속한 카페에 서둘러 도착했는데,
그 사람은 한눈에 나를 알아봤는지 카페 문을 열고 들어서자
가볍게 눈인사를 건네며 자리에서 반쯤 일어선다.
'기다리게 해서 미안하다'는 말을 하려는데,
그 사람이 먼저 '뭐하러 뛰어왔느냐'고 '괜찮다'고 말을 한다.
간단하게 자기소개를 하는 그 사람의 목소리는
살짝 떨리는 것도 같다. 곧 이어지는 어색한 침묵.
때마침 아르바이트생이 와줘서 얼마나 다행인지.
나는 커피를, 그 사람은 레모네이드를 주문했다.
내가 물어보지도 않았는데, 그 사람은 자기는 커피를 별로
안 좋아한단다. 입안에 남는 그 텁텁함이 싫다면서.
나는 무심코 잘 이해되지 않는다는 투로 말해버렸다.

저는 그 텁텁함 때문에 커피가 좋은데요.

그 순간, 내 머릿속에는 당신을 처음 만났던 날이 선명하게 그려졌다.

성북동에 있는 테이블이 대여섯 개뿐인 자그마한 카페에서
당신과 마주 앉았던 날.
당신은 내게 묻지도 않고 아이스 비엔나 두 잔을 주문했다.
그리고는 아이스 비엔나는 이렇게 입술에 휘핑크림을 잔뜩 묻혀가며
먹어야 단맛과 쓴맛을 동시에 느낄 수 있다며 장난스럽게 웃어보였다.

어쩌지?
그 사람 얼굴 위로, 자꾸만 당신의 얼굴이 스친다.

지금 내 앞에 앉아 있는 사람.
입매는 고집스러워 보이는데 눈빛은 참 선해 보인다.
그는 아까보다는 한결 자연스러운 모습으로,
소개팅 때마다 으레 묻게 되는, 실은 별로 궁금하지 않은 질문들을 한다.
나는 간간이 고개를 끄덕이고, 간간이 억지웃음을 지으며 대답한다.
'소개팅이라는 게 다 그렇지' 하면서도 마음 한구석에 밀려드는
이 기분은 뭘까?

당신이라면 이랬을 텐데,
당신이라면 저랬을 텐데.

지금 내 앞에 앉아 있는 저 사람에게는 정말 미안하지만,
내가 지금, 여기서 뭐하는 건가 싶었다.

어느 해 여름이었던가. 강원도 홍천으로 엠티를 간 적이 있었다.
아주 깊은 밤, 그곳에서 반딧불을 본 적이 있다.
꼬리에서 반짝거리는 빛을 내는 신기한 녀석.

크기가 엄지손톱쯤 될까? 깜박~ 깜박~ 정말로 그렇게 빛을 냈었다.
우리 중 누군가는 내게 반딧불이 2년 가까이 유충으로 지내다가
여름날 불과 몇 주 동안만 날개 달린 성충으로 산다고 말해주었다.
성충으로 살 수 있는, 그 짧은 시간 동안 번식을 해야 하는데,
이때 중요한 건 자신과 같은 종을 찾는 일이라고도 했다.
우리 눈에는 다 똑같이 보이지만, 반딧불의 종류는 알려진 것만 해도
2천 여 종이 넘는다고 했다.
세상에…… 그 가운데서 자신과 같은 종을 찾아내야만 하는 것이었다.
일정한 리듬으로 깜박~ 깜박~ 그렇게 신호를 보내며.

나는 여기 있는데,
내 운명이 될 당신은 대체 어디 있느냐고.

누군가와 헤어지면서 나는 몇 번쯤 그런 말을 했던 것 같다.
좋은 사람 만나.
그런데 그 말을 당신에게 듣게 되자, 좀 아팠다.
더는 서로에게 좋은 사람이 될 수 없다는 의미였으니까.
더는 서로의 운명이 아니라는 말이었으니까.

당신을 가슴에 담고 다른 누군가를 바라보는 것.
아직은, 내게 너무 힘든 일.

당신을 가슴에 담고 다른 누군가를 바라보는 것,
아직은, 내게 너무 힘든 일.

사랑은
그렇게 흘러가는 것

지난 주말이었나?
아니다. 지난 주말에 나는 때아닌 감기에 걸려서 사나흘쯤 꼼짝없이
누워만 있었으니까. 지난 주말이 아니었던 건 확실하다.
아무래도 몇 주 전이었던 것 같다. 내가 요즘 이런다.
어디가 고장 난 사람처럼 흐물흐물 영 기운을 차릴 수 없다.
어쨌거나 드라마를 봤는데, 두 눈은 분명 텔레비전을 향해 있었지만
무슨 내용인지 알 수 없을 만큼 정신은 다른 데 가 있었다.
요즘 나는 이렇듯 뭔가에 온전히 집중할 수 없을 정도로 혼란스럽다.
머릿속도, 마음도 어지럽다.
그런데 그 순간, 주인공의 대사 한마디가 내 마음을 쥐고 흔들었다.

너를 생각하면서도 슬퍼지지 않을 날을 기다리고 있어.

무심히 내게로 흘러들어온 그 말이 그대로 무심히 흘러가주었으면
좋으련만, 내 마음에 그대로 갇혀버리고 말았다.
꼬박꼬박 챙겨보던 드라마가 아니라 줄거리는 잘 모르겠지만,
사랑했던 두 사람이 있었다.
'사랑했던'이라는 말에서 이미 짐작하듯이,
사랑했지만 지금은 헤어졌고,

그래서 서로에게 과거가 되어버린 사람들이다.
그러던 어느 평화로운 날, 여자가 남자에게 이메일을 보냈다.
이메일을 보내는 것조차 여자에게는 많은 고민과 망설임이 있었던
모양이다. 아니, 확실히 그래 보였다.
모니터를 바라보는 남자의 눈빛도 조금 아프게 흔들리는 것 같았다.
그래도 드라마 속 남자는 여자보다는
조금 더 기쁘고, 조금 더 가벼운 마음으로 답장을 써내려갔다.

'먼저 아는 척 안 한 건 너한테 시간이 필요하다는 말에
동의했기 때문이라고, 아무것도 해줄 수 없는 내가
너한테 할 수 있는 건 그것뿐이었다고, 나는 잘 지내고 있다'고.

그다음은 잘 기억이 나지 않는다.
분명 드라마를 끝까지 보았는데, 그다음 얘기는 생각이 나지 않는다.
너를 생각하면서도 슬퍼지지 않을 날을 기다리고 있다는,
여자의 그 마음이 꼭 내 것인 것만 같았기에.

언젠가 나도 당신에게 비슷한 말을 했던 것 같다.
'잘 지내냐'는 당신의 물음에 '당신을 떠올려도 아프지 않을 때를
기다리고 있다'고, 그런데 '그런 날이 내게 와줄 지는 모르겠다'고 했었다.
당신을 떠올려도 아프지 않을 때를 기다리고 있다는 말은
'내 마음은 여전히 아프니까 당신이 좀 알아달라'는 뜻이었고,
그런 날이 내게 와줄지 모르겠다는 그 말은
'당신 마음도 아팠으면 좋겠다'는 의미였던 것 같다.
그래, 아마도 나는 당신을 좀 불편하게 만들고 싶었나보다.
그래서 나한테 조금은 미안하게 만들고 싶었던 것 같아.

아니, 조금 더 솔직하게 말한다면 우습게도 나는
그 말이 당신의 마음을 다시 내 쪽으로 돌아서게 할 수 있다고
생각했던 것 같다. 그래서 어쩌면 어그러진 우리 사랑을
다시 예전처럼 되돌릴 수 있다고 믿었나보다.
그런데 줄곧 내 이야기를 듣고만 있던 당신이 이렇게 말했다.

그 시간들은 흘러갈 거야.
어떻게든.
어떤 식으로든.
누구에게든.

사랑이 끝나고
서로가 서로의 과거가 될 때까지
우리가 할 수 있는 건
결국, 그 시간을 견디는 것밖에는 방법이 없는 걸까요?
그렇다면 조금만 더 기다려볼게요.
당신을 생각하면서도 슬퍼지지 않을 날을,
당신을 떠올려도 아프지 않을 때를.

Part 5

우리 중 그 누구도 마지막을 보면서 사랑하지는 않는다.
그래서 우리는 사랑할 때
내가 줄 수 있는 가장 큰 것
내가 줄 수 있는 가장 좋은 것
내가 줄 수 있는 가장 기쁜 것을 준다.

사랑이 끝나도
사랑했던 좋은 날들은 기억 속에 아름답게 남아주길 바라면서.

그저 바라만 봐도
좋은 사랑이었으면

네가 만난다는 사람, 어떤 사람이야?
그냥 넌 어떤 사람을 만날까, 궁금해서.

누군가 당신에 대해 물어올 때마다 나는 조금의 망설임도 없이
대답하곤 했다.

그 사람은…… 네모 반듯하게 접힌 손수건 같아.

내가 당신을 그렇게 표현한 것은 당신에게 처음으로
어떤 특별한 감정을 느꼈던 그날,
당신이 친절하게 건넨 손수건 때문만은 아니었다.
당신을 떠올리면 아주 자연스럽게,
은은한 향기가 나던 손수건과 그것을 내게 건네던
당신의 조심스러운 손길과 따스했던 눈빛이 마치 그림처럼 떠올랐다.
아마도 그 순간부터 우리는 남들이 말하는
사랑을 하게 된 것이 분명하다.
아~ 지금도 생각이 난다. 당신을 닮은 네모 반듯한 손수건,
그러나 반드시 구겨지지 않은, 아니 절대로 구겨지면 안 되는.
내게 당신은 아마도 그런 사람.

당신과의 사랑을 예감했듯,
당신과의 이별도 예감할 수 있어서 다행이라고 해야 되나?
어쩌면 우리가 헤어질 수도 있겠구나……
그런 불안한 예감이 조금씩 들기 시작했을 무렵,
당신과 나는 어느 카페에 마주앉아 있었다. 짐짓 태연한 척하면서.
그러다가 당신과 눈이 마주친 순간, 내가 입을 열었다.

어느 마을에 아주 근사한 정원을 가진 두 집이 서로 마주하고 있었대.
두 집의 주인들은 마치 경쟁이라도 하듯
사시사철 아름다운 꽃과 열매를 피워냈어.
아침마다 나무들을 가꾸고 돌보는 것이 그들에겐 일상이었지.
근데 그 방법은 조금 달랐어.
한 사람은 일부러 나무를 흔들어서 상한 나뭇잎이
후드득 떨어지게 한 뒤 부지런히 빗질을 해서 그것들을 쓸어 담았어.
그 주인의 정원은 늘 단정하고 깨끗했지.
하지만 다른 주인은 마치 산책을 하듯 나무 주위를 맴돌기만 했어.
심지어 나뭇잎이 땅바닥에 떨어져 있어도 치우지 않고 내버려두었어.
바람에 날려 어디론가 떨어질 때까지,
그렇게 버티다 버티다 끝내 손아귀에 힘을 놓아버리고
땅 위로 살포시 내려앉을 때까지 말이야.

내가 여기까지 말하고 당신 얼굴을 쳐다보았을 때,
당신은 뭔가 깊은 생각에 잠겨 있는 듯 보였다.
방금 전까지 왼손으로 가볍게 턱을 받치고 있던 당신은
자세를 고쳐 앉아 팔짱을 낀 채 아랫입술을 지그시 깨물고 있었다.
나는 모르는 척, 원래 하려던 이야기를 마저 했다.

근데 있잖아. 몇십 년 후, 아무것도 하지 않은 사람의 정원이
매일매일 가꾼 사람의 정원보다 훨씬 더 울창해졌대.
땅 위에 내려앉은 나뭇잎이 썩어서 거름이 되고,
그 거름이 결국 나무를 키운 거야.

줄곧 팔짱을 끼고 내 얘기를 묵묵히 듣고 있던
당신이 오랜 침묵을 깨고 물었다. 조금은 차갑게.

그래서 지금, 무슨 말이 하고 싶은 거야?

그 순간, 나는 잠깐 멈칫하며 당신의 얼굴을 찬찬히 들여다본다.
눈을 감고도 선명하게 그릴 수 있을 것 같은 당신의 얼굴이
왜 이리 낯설게 다가오던지.
당신의 눈빛은 너무도 차가웠다.
마치 다른 사람처럼.

그때 나는, 내게도 시간을 달라고 말하고 싶었다.
제발 흔들지 말아달라고,
억지로 흔들지 말고 조금만 기다려달라고.
꼭 그렇게 할 필요는 없지 않느냐고 말하고 싶었다.

___ 블랙 스완

이런 내가 지금 뭘 하고 있는 거지?
너에게 전화를 걸어놓고, 나는 무슨 말을 해야 할지 몰라서,
아니, 어디서부터 어떻게 시작해야 할지 몰라서 그냥 머뭇거리고 있다.
전화를 받은 네가 "무슨 일이야?"라고 차갑게 묻는다면 나도 차갑게
쏘아줄 참이었고, 네가 차분한 목소리로 "여보세요" 혹은 "응, 나야"라고
말을 건네면 나도 태연한 척 "그냥 생각나서 전화했다"고 말할 참이었다.
그런데 내 목소리를 들은 너는 "어디냐?"고 물었고
내가 아직 밖이라고 하니까 "밥은 먹었느냐?"고 물었다.

그 순간, 갑자기 눈물이 날 것 같았다. 야무지게 묶어둔 매듭 하나가
스르르 힘없이 풀려버린 느낌이라고 해야 할까?
그 짧은 순간, 나는 뭐라고 대답을 해야 할지 알맞은 대답이 생각나지
않아서, 자꾸 눈물이 날 것만 같아서 원망이 가득한 목소리로 대답했다.

네가 무슨 상관인데…… 이제 너랑 상관없잖아.

어쩌면 너는 처음부터 내 마음을 들여다보고 있었던 건지 모르겠다.
아니면 내게 기회를 주고 싶었던 건지도. 수화기 건너편에서,
그저 '듣고 있다'는 정도의 신호만 전해온다.

너와 나 사이에 겉도는 무수히 많은 말들이 바람결에 흩어지고,
이제 그만 전화를 끊어야겠다고 생각한 순간에, 네가 그랬다.
하고 싶은 말 있으면 해.

처음에 나는 웃는 듯했다가, 그다음에는 우는 듯했다가,
마지막에는 입술을 꼭 깨물고 이렇게 말했다.

더는 내 마음 같지 않은 너의 마음, 그 마음이 원망스러워.

기억나니? 가을이 시작될 무렵, 우리 두 사람은 동물원에 갔었다.
그날, 오전 수업이 갑작스레 휴강이 된 이유도 있고, 무엇보다 날씨가
너무 좋았다. 처음, 놀이공원에 가자던 너는 내가 롤러코스터를
타지 못한다는 사실을 기억하고는 동물원에 가자고 했다.
동물원의 호숫가에서 백조 무리의 여유로운 자태를 보고 있는데,
네가 뭔가 재미있는 얘깃거리가 생각난 듯한 표정으로 말했다.

검은 백조 본 적 있어?

나는 그냥 웃었던 것 같다. 검은 백조라니, 그게 말이 되느냐고,
이 세상에 검은 백조가 어디 있느냐고, 거짓말하지 말라고.
그랬더니 너는 제법 진지한 표정으로 검은 백조에 대해 말해주었다.
한 탐험가가 오스트레일리아 대륙에서 검은 백조를 처음 발견하기 전까지
사람들은 이 세상에 백조는 모두 흰색이라고 믿었다고 말했다.
그때까지 사람들이 아는 백조는 모두 흰색이었고, 따라서 아주
자연스럽게 백조는 흰색이라는 고정관념이 생겨버렸다고,
그래서 절대로 존재하지 않을 거라고 생각되는 것이나

불가능하다고 여기는 상황이
실제로 일어났을 때,
그 예측하지 못한 상황을
'블랙 스완Black Swan'이라고 부른다고 했다.
그래서였을까? 그날, 해질 무렵의 호숫가는
아름답기보다 좀 쓸쓸했다.
나는 너의 마음이 내 마음과 다를 수 있다고
한 번도 생각하지 못했다.
사랑하다가 하얀색이 아니라 검은색
혹은 그것과 전혀 다른 색깔을
볼 수 있다는 생각도 못했다.
그래서 그럴 땐 어떻게 해야 하는지도
몰랐다.
그날 이후, 나는 블랙 스완을 믿기로 했다.

긴 기다림

참 이상해.
뭐가?

친구와 나란히 버스정류장에 앉아 있는데,
무심히 하늘을 올려다보던 나를 향해 친구가 말했다.

어떤 기억은 너무 흐릿하고, 어떤 기억은 너무 생생하잖아.

그 순간, 나는 조금 쓸쓸해 보이는 친구의 가느다란 어깨와
티 없이 맑은 파란 하늘을 번갈아 보며 가만히 중얼거렸다.
'그러게, 정말 그러네.'
그렇게 한참을 우리는 버스를 기다리는 사람들 틈에서
흐릿하거나 혹은 생생하게 남아 있는 그 기억이라는 것을
가만히 더듬고 있었다.

버스를 기다리는 사람들은 대개 두 가지 모습을 하고 있다.
뚫어져라 버스가 오는 쪽을 바라보는 사람이 있는가 하면,
올 때가 되면 오겠지 하는 마음으로 휴대전화를 만지작거리거나
팔짱을 끼고 먼 곳에 시선을 두는 사람.

내 시선은 갈 곳을 잃고 흔들리고, 내 마음은 며칠 사이에
서늘해진 가을바람에 흔들리는지 콧날이 시큰하다.
때마침 저 멀리서 친구가 기다리던 버스가 달려오고,
나는 버스를 향해 뛰어가는 그녀의 뒷모습과 그녀를 태운
버스의 뒤꽁무니가 점점 작아지는 것을 오래도록 지켜보았다.

미열이 나는 것 같다.
아무래도 감기에 걸릴 모양이다.

언제였는지 기억도 희미한 어느 날에
당신은 어느 작가의 에세이에서 읽은 글이라며 이야기를 들려주었다.
결혼한 지 한 달도 안 돼서 전쟁터로 떠난 남편이 전사했다는 소식을
전해 들은 아내. 그녀는 그 말을 도저히 받아들일 수 없어서,
그러기엔 남편에 대한 기억이 너무도 생생해서,
어딘가에 남편이 꼭 살아 있을 것만 같아서
몇십 년을 꼬박 같은 자리에서 남편을 기다렸다고 했다.
그런 아내를 사람들은 모두 미쳤다고 손가락질했지만,
꽃처럼 고왔던 아내는 꼬부랑 할머니가 될 때까지 남편을 기다렸다.
그러던 어느 날, 꼬부랑 할아버지가 된 남편이 살아서 돌아왔다고.
당신이 여기까지 말해주었을 때, 나는 천진난만한 미소를 지으면서
'참 아름다운 러브 스토리'라고 생각했었다.
그런데 당신은 입술을 굳게 다물고 고개를 가로저으며 말했다.

잔인하게도, 어딘가에 꼭 살아 있을 거라고 믿었던 남편이
현실이 되어 살아 돌아온 그날에 아내가 죽고 만다고…….
기다림이 끝나는 순간, 아내의 삶도 끝이 났다고.

어쩌면 언젠가 남편이 돌아올 거라는 기대와 희망이
오랜 세월 그녀를 지탱해준 건지 모른다고.

난 아무 말도 못 했다. 슬프다는 생각도 들지 않았다.
그저 기다림이라는 게 그런 거구나, 라고 생각했던 것 같다.
그리고 당신의 얼굴이 희미해진 어느 날에도 당신이 들려준
그 이야기가 또렷이 생각났고, 그래서 어쩐지 슬퍼졌었다.

당신과 헤어진 후에도 꽤 오랫동안,
언젠가 우리가 밝게 웃으며 다시 만날 수 있을 거라고 생각했는데,
이제 그만, 그 기다림을 이쯤에서 끝내야 할 것 같다.

미열이 나는 것 같다.
아무래도 감기에 걸릴 모양이다.

___ 모래성

우리가 만나기로 한 그 시간 그 자리에 너는 담담한 얼굴로 앉아 있었어.
혹시 아니? 내가 짐짓 아무렇지 않은 척 카페 문을 열고 들어서기 전까지,
너와 엉겁결에 눈이 마주치고 겸연쩍게 웃기 전까지,
너를 바라보면서 몇 번이나 호흡을 가다듬었다는 걸.
어쩌면 이대로 영영 마지막이 될지도 모르는
너의 얼굴과 우리의 마지막 장면을 볼 자신이 없었던 것 같아.
아주 잠깐이었지만, 카페 앞에서 그냥 되돌아갈까 얼마나 갈등했는지.
나를 발견한 네가 눈인사를 건네지 않았다면,
아마도 그 시간, 그 자리에 나는 없었을지도 몰라.

그렇게 마주 앉은 우리 두 사람.
우리는 분명 서로 해야 할 말도, 들어야 할 말도 아주 많은 사람들인데,
정작 서로를 앞에 두고 아무 말도 하지 못했지.
그렇게 몇 시간을, 답답하고 초조한 마음으로 힘겹게 버티고 있었어.
얼마나 지났을까. 내가 용기를 내어 깊은 한숨을 내쉬며 말했어.

무슨 말부터 어떻게 시작해야 할까. 뭐라고 할 말이 없네.
너도 그런 거니?

내가 아홉 살 때까지 살았다던 3층짜리 연립 아파트.
우리 집 바로 뒤에는 놀이터가 있었어. 아이들이 뛰어노는 소리에
늘 소란스러웠던 그곳은 해질 무렵 아이들이 하나 둘 집으로
돌아간 뒤에야 쥐죽은 듯 조용해지곤 했지.
당시 나는 한 살 터울의 동생과 흙 놀이를 하는 걸 참 좋아했어.
흙으로 밥을 짓고, 반찬을 만들고……
그렇게 한참을 소꿉놀이를 하다가 지루해지면 모래를 쌓고 놀았어.
머리부터 발끝까지 흙투성이가 되기 일쑤였지만 상관없었어.
나와 동생은 땅에 철퍼덕 주저앉은 채 모래를 끌어모아서
산처럼 쌓았지. 그다음, 가장 꼭대기에 나무막대를 꽂아놓고
가위바위보로 순서를 정하고, 자기 차례가 되면 모래를
가져오는 놀이를 했어. 얼마만큼 가져가든 상관없기,
단 절대로 나무막대를 쓰러뜨리면 안 되기.
그걸 쓰러뜨리는 순간 게임 오버.
이게 모래 뺏기 게임의 룰이었어.

기억해,
나무막대를 쓰러뜨리는 순간
게임은 끝나.

너와 나 사이에는 차갑게 식어버린 커피 잔만 놓여 있었는데,
나는 마치 금방이라도 허물어질 것 같은 모래성을 보는 듯했어.
모래성이 산처럼 크고 높으면 모래를 끌어오는 손길도 거침이 없지.
물론 너무 욕심을 내서 한꺼번에 모래를 가져오다가
나무막대를 쓰러뜨릴 때도 있어. 하지만 게임 초반에는 여유가 있는 법.
그러다 모래성이 점점 작아지고,

그것이 손끝을 살짝 건드리기만 해도 와르르 무너져내리는
모래성이라는 사실을 의식하면 조금씩 겁이 나기 시작하지.
나무막대를 쓰러뜨리지 않으려고, 아주 살짝,
아주 조금씩 모래를 내 쪽으로 끌어오고……
그렇게 가까스로 위기를 넘긴다 해도 안심해서는 안 돼.
왜냐하면 다음 차례에 더 좋지 않은 상황이 올 수 있기에,
그러다 게임에서 질 수도 있으니까.

그런데 너 말이야,
우리가 함께 쌓아올린 모래성이 힘없이 무너지는 걸,
이대로 보고만 있을 거니?

손끝으로 살짝 건드리기만 해도 와르르 무너지는
모래성 같은 너와 나.
아무래도 나는 그 마지막 모습을 지켜볼 자신이 없어.
미안해, 먼저 일어서야겠다.

감기

자다가 깼어.
그런데 눈이 스르르 떠진 게 아니라
어느 순간에 번쩍 그렇게 눈이 떠져버려서 깜짝 놀랐어.
빗소리가 듣기 좋다고,
어제 열어놓은 창문 사이로 밀려든 한기 때문인가 싶어서
나는 주섬주섬 일어나 창문을 닫고 머리끝까지 이불을 뒤집어썼지만,
그런데도 한 번 달아난 잠은 나를 다시 찾지 않았어.
아무래도 감기 기운이 있는 것 같아서
얼굴에 가만히 손을 대보니까 정말 열이 나는 것 같아.
손끝과 발끝이 차가워서 따뜻한 이불 깊숙이 발을 밀어 넣고
한참을 같은 자세로 누워 있었어.
그 순간, 나를 이렇게 흔들어 깨운 것이 머릿속에 맴도는
어떤 말 때문인지도 모르겠다는 생각이 들었어.

너 변했어.
당신이 그랬잖아. 나더러 변했다고.
예전의 나였다면, 변한 건 내가 아니라 당신이라고 맞받았겠지만.
나는 긍정도 부정도 하지 않은 채 이렇게 중얼거렸지.

내가 변한 건지 당신이 변한 건지, 그게 뭐 그렇게 중요하겠어.
중요한 건 우리 중 누군가는 변했다는 것, 또 변해가고 있다는 거겠지.

몸이 좋지 않을 때, 이렇게 자다가 깨서 다시 잠들지 못할 때,
아무것도 생각하지 않고 열 시간이든 스무 시간이든 푹 자고 싶은데
그마저도 뜻대로 되지 않을 때면 나는 엄마 생각이 나.
내가 대학에 입학하면서부터 서울에서 혼자 살았던 거, 알지?
어렸을 때부터 유난히 잔병치레가 많았던 나는
계절이 바뀔 때면 으레 지독한 감기에 시달리곤 했어.
열이 펄펄 끓는데, 그래서 금방이라도 숨이 넘어갈 것 같으면
아빠는 발을 동동 구르며 약을 찾거나, 빨리 병원에 데려가자고
야단법석을 떠는데, 엄마는 냉정할 정도로 차분하셨어.
춥다고 오들오들 떠는 나를 눕혀놓고 미지근한 물에 적신 수건으로
내 몸을 닦고 또 닦고……
그러면서 왜 열이 나는지, 다른 증상은 없는지
천천히 들여다보고 살펴보면서, 그렇게 얼마 동안
내가 아플 때까지 그대로 내버려두었어.
내가 잠들고 난 후에도 숨소리가 어떤지 가슴에 귀를 대보거나
이마를 짚으면서 그렇게 밤새도록 끙끙 앓는 내 옆에서 함께 앓으셨어.

밤새 뒤척뒤척 뜬눈으로 밤을 지새우다시피 한 나는
아침부터 엄마 목소리가 듣고 싶어서 집으로 전화를 걸었어.
걱정스러운 목소리로 "아침부터 무슨 일이냐"고 묻는 엄마에게
내가 가장 먼저 한 말은 당신과 헤어지기로 했다는 이야기.
언젠가 한 번 당신 사진을 엄마한테 보여준 적이 있었는데,
그때 엄마는 당신 눈빛이 참 착해 보인다고 그러셨어.

그랬던 당신과 헤어졌다니까, 엄마는 딱 한마디만 했어.

잘했어.

많이 생각해봤는데 그러는 게 나을 것 같아서 결정했다고 하니까
엄마는 "그래도 잘했어"라고.
나중에는 괜히 서운한 기분이 들어서 볼멘소리로
"엄마는 아무렇지도 않아? 딸이 헤어졌다는데……"라고 하니까
엄마는 이렇게 말씀하셨어.

네가 힘들어할 걸 생각하면 엄마도 속상한데,
그래도 너만 괜찮으면 엄마는 괜찮아.

나는 금방이라도 눈물이 날 것 같아서 서둘러 전화를 끊으려고 했어.
그때 수화기 너머로 들려온 엄마의 목소리.

별수 없잖아. 훌훌 털고 일어나.
집에는 언제 올래? 너 좋아하는 거 해줄게.

금방이라도 큰일 날 듯 지독한 감기도 밤새도록 앓으며
등허리에 땀이 밸 때까지 자고 일어나면 어느 정도 견딜 만하듯이
이별을 견디는 가장 좋은 방법은 그 아픔까지 끌어안는 거래.

아, 그런데 이번 감기는 아무래도 좀 오래갈 것 같아.

이별을 견디는 가장 좋은 방법은 그 아픔까지 끌어안는 거래.
그런데 이번 감기는 아무래도 좀 오래갈 것 같다.

사랑의 결말은
언제나 두 가지

'그에게서는 언제나 비누 냄새가 난다'로 시작되는
『젊은 느티나무』라는 소설, 기억해?
언제 들어도 가슴을 뛰게 만드는 문장이라니까.

당신과 도서관 근처 벤치에 앉아 있었던 날이었다.
문학수업 시간, 교과서에서 처음으로 이 문장을 보고
노트에 몇 번을 옮겨 적었는지 모른다고,
몇 번인가는 소리 내서 읽어보기도 했다고,
그럴 때면 슬금슬금 웃음이 나고 괜히 얼굴이 화끈거렸다고
이야기했던 날이기도 했다.

나는 얼굴 가득 미소를 머금고,
고백 아닌 고백을 당신에게 한 적이 있다.
가을이었고, 가을의 빛깔을 똑 닮은 하늘이
우리의 머리 위에서 소곤거리던 무렵이었다.
줄곧 하늘을 올려다보기만 하던 당신은 그제야 나를 바라보면서 말했다.

그때 넌 분명히 사춘기였을 거야.

그래, 당신이 짐작하는 대로 나는 여드름이 하나 둘 올라오기 시작한
사춘기 소녀였을지도, 사랑이 뭔지 모르는 철부지였을지도 모른다.
바로 그 시절에 나에게는 그저 떠올리기만 해도,
뒤통수만 바라보아도,
가슴이 떨리고 웃음이 나던 누군가가 있었던 것 같다.
그날, 바람이 조금 서늘하다 싶어서
나는 소맷자락을 손등까지 끌어올려 양 볼을 감싸 쥐었다.
바로 그때 당신이 가만히 내 손을 잡으며 말했다.

근데, 그 소설 말이야. 결말이 어떻게 됐지?
비극이었나? 해피엔딩이었나?

그 순간, 내 머릿속은 정지해버린 듯 고요했다.
단지 그에게서 난다던 비누 냄새가 향긋하게 느껴지지 않고
저릿하게 맴돌았기 때문만은 아니었다. 소설의 줄거리가
마지막까지 선명하게 기억나지 않았기 때문은 더더욱 아니었다.
아마도 결말이라는 그 말이, 나를 조금 두렵게 만들었던 것 같다.

사랑의 결말은 헤어지거나, 아니면 여전히 사랑하거나,
그 두 가지밖에는 없는 거냐고
나는 당신이 아닌, 다른 누군가에게 물었던 적이 있다.
그 사람은 '그렇다'고 확신에 찬 눈빛으로 고개를 끄덕였고,
나는 둘 중 하나를 선택해달라고 그에게 말했었다.
그 사람이 나와 헤어지는 쪽으로 마음을 정하면서
자연히 나는 아무것도 선택할 수 없었고, 사랑도 그렇게 끝이 났다.

그때부터 나는, 누군가를 마음에 담고, 그리워하고,
사랑하는 일에 늘 '결말'을 생각했다.
결말이 오려는 순간, 절묘하게 나를 숨기곤 했다.
그래서 나의 사랑은 그리 오래가지 못했고,
그건 당신과도 마찬가지였다.

갑작스러운 이별 앞에 당신이 당혹스러운 표정으로
헤어짐의 이유를 묻던 날.
나는 우리가 함께 앉아 있는 걸 가장 좋아했던
도서관 벤치에 당신을 혼자 남겨두고 먼저 일어서면서 대답했다.

당신과 함께 있는 풍경이 그다지 행복하지 않을 것 같아.

우리 모두가 아는 사랑의 결말……
헤어지거나, 아니면 여전히 사랑하거나.

가을의 벚꽃

너와 헤어진 후에도 나는 한동안 꿈속에서 너를 만나곤 했어.
어느 날에는 너무나 평온한 얼굴로 내 앞에 앉아 있기도 했고,
또 어느 날에는 전혀 모르는 사람처럼 나를 스쳐 지나가기도 했지.
그럴 때면 나는 꿈속에서도 서러워서 눈물이 났어.
그래서 한번은 (물론 꿈속에서) 너를 무작정 뒤쫓아 갔는데,
너는 끝까지 뒤돌아보지 않는 거야.
나는 온 힘을 다해 너의 이름을 불렀지.
근데 정말 이상한 일이 벌어졌어.
내 목소리가 밖으로 나아가지 않고, 내 안에서만 맴도는 거야.
그 사이에 너의 모습은 내 시야에서 완전히 사라져버렸어.
그렇게 잠에서 깨고 나면 나는 아득한 기분이 되어서
억지로 몸을 일으켜 부스스한 얼굴로 힘겹게 하루를 맞이해야 했어.
어느 날, 나를 잘 안다고 생각하는 누군가에게
꿈속에서 본 너의 모습을 이야기했더니, 그 사람이 그러더라.

그 사람 마음이 떠나서 그래.
그 사람, 이제 완전히 떠났나보다.

그의 말끝에 나는 이런 말을 뱉고 말았어.

그럼, 이제 나는 어떻게 해야 되지?

헤어지자고, 그러는 편이 낫겠다고, 네가 먼저 말했을 때에도
나는 "왜? 어째서?"가 아니라 늘 똑같은 말을 했었다.

그럼 이제 나는…… 어떻게 해야 되지?

오늘 아침, 회사에 출근해서 이메일을 확인하다가 짤막한 기사 하나를
보았어. 충남 태안에선가 벚꽃이 피었대. 봄에 피는 벚꽃이 이 가을에
꽃망울을 터트리다니. 이게 웬일인가 싶었지. 뉴스를 자세히 보니,
어느 해수욕장으로 가는 진입로에 200여 그루쯤 되는 벚나무가 심어져
있는데, 얼마 전부터 난데없이 꽃을 피우기 시작했다는 거야.
나는 모니터를 멍하니 바라보면서 중얼거렸어. 말도 안 돼.

그런데 꽃을 피운 이유를 알고 나서는 조금 미안한 마음이 들더라.
태풍 때문이었대. 9월이 막 시작되고 찾아왔던 태풍.
기억나니? 대단했잖아. 태풍이 몰고 온 바람에 그만 나뭇잎이
전부 떨어져버린 거야. 벚나무는 잎보다 꽃을 먼저 피우는데,
잎이 없으니까 나무가 꽃을 피우라는 뜻으로 받아들이고 죽을힘을
다해서 꽃을 피웠다는 거야. 내년 봄에 탐스러운 꽃을 피우려면
영양분을 축적해야 하는데, 잎이 모조리 떨어져버렸으니까,
꽃을 피운 다음에 새잎을 만들어서 햇빛을 모으고,
내년 봄에 다시 어여쁜 꽃을 피우려고 그랬다는 거지.
아픔 속에서도, 시련을 딛고 다시 살아내려고…….

물론 가을에 핀 벚꽃은 그렇게 탐스럽지도, 그렇게 화사하지도 않았어.

하지만 가까스로 겨우겨우 마지막 힘을 다해서
그것도 분명히 울면서 꽃을 피웠을 걸 생각하니
내 마음이 얼마나 저리던지.
그 마음이 뭔지…… 나, 이제 조금 알 것 같아.

마지막 힘을 다해 누군가를 떨쳐내려 애쓰는 대신
다시 꽃을 피우고 잎을 틔워야겠습니다.
누군가를 잊기 위해서가 아니라,
다시 사랑하기 위해서.

벼랑
끝에서

설악산에 단풍이 시작되었다는 뉴스를 들었다.
운전하면서 라디오 뉴스를 듣는데 아주 단정한 목소리의 아나운서가
올가을 단풍이 시작되었다고 했다. 작년보다 엿새쯤 늦은 거라고,
산 정상에서 아래로 20퍼센트 정도 물들었을 때를
단풍이 시작된 걸로 본다는 분석도 곁들여주었다.
단풍이 80퍼센트 정도 물들었을 때를 절정이라고 한다니
우리가 단풍의 절정을 보려면 조금 더 기다려야 할 것 같다.
그때 나는 신호 대기 중이었는데, 신호가 바뀌고 다시 출발하려고 하자
올해 단풍은 그 어느 해보다 곱게 물들 거라는 멘트로 마무리되었다.
나는 바람 좀 쐴 겸, 너무 멀지 않은 곳으로
가을 나들이라도 다녀왔으면 좋겠다는 생각을 아주 잠깐 했었다.

그런데 오늘따라 유난히 교통체증이 심하다.
다른 데로 돌아갈 걸 그랬나, 라는 생각이 들 정도로.
땅거미가 질 무렵이어서인지 자동차들이 하나 둘 헤드라이트를
켜기 시작하고, 그 불빛에 가을밤의 서늘한 공기가
점점 무겁게 내려앉는다. 운전대를 잡고 있는 내 두 손에도
어쩐지 자꾸만 힘이 들어간다.

그래, 이건 순전히 너 때문이다.
머릿속에 불쑥 끼어든 너 때문이다.

예전에 너는 친구의 미니홈피에서 우연히 본 이야기라며,
아마도 인터넷에서 떠도는 수많은 사랑 이야기 중 하나일 거라며
어느 연인의 이야기를 들려주었다.
그날 우리 두 사람은 나란히 손을 잡고 길을 걷고 있었는데,
내가 가을바람이 참 좋다고 하자 너는 불쑥 이렇게 말했다.

슬픈 얘기 하나 들려줄까?
연인이 산을 걷고 있었대.
근데 여자가 발을 헛디디는 바람에 낭떠러지로 떨어지고 만 거야.
남자는 왼손으로는 있는 힘껏 여자의 손을 붙잡고,
오른손으로는 벼랑 끝을 잡았어.
죽을힘을 다해 버텨봤지만, 시간이 흐를수록 점점 손에 힘이 빠졌고……
어쩔 수 없이 남자는 여자의 손을 놓아버리고 말았대.
'미안해'라고 말하면서.
그리고 그 후로 수많은 연인들이 '같은 이유로' 헤어졌대.

네가 거기까지 말했을 때,
나는 잡고 있던 너의 손을 더 꼭 움켜쥐었다.
무섭기도 했고, 왠지 모르게 불안했기 때문에.
어쩌면 나는 우리 두 사람만큼은 수많은 연인들과 조금은 다르기를,
아니 분명히 다를 거라고 믿고 싶었는지 모르겠다.
너의 이야기는 계속 이어졌다.

그런데 어느 날, 다른 한 쌍의 연인이 같은 상황에 놓이게 됐어.
시간은 점점 흐르고,
남자가 버틸 수 있는 데까지 버텨봤지만
더 이상 여자를 잡을 수 없게 되자
남자는 마찬가지로 여자에게 '미안해'하면서 손을 놓아버렸대.
그런데 남자가 놓은 건,
여자의 손을 잡고 있던 왼손이 아니라
벼랑 끝을 잡고 있던 오른손이었어.

그 순간, 나는 걸음을 멈추고 슬그머니 너의 손을 놓아버렸다.
나보다 한 발자국 정도 앞서 걷던 너도 그 자리에 멈춰 서서
나를 돌아다보았다.
내가 너에게 물었다.

너라면, 만약 너라면 어떻게 할 거야?
왼손을 놓을 거야? 오른손을 놓을 거야?

너는 내게 선뜻 대답해주지 못했다.
손을 놓아버리는 일처럼 간단한 일이 이별이라면,
이 세상에 사랑 때문에 힘든 사람은 없겠지?

사랑이
빛을 잃을 때

나는 가끔 궁금했다.
저 별들은 누구를 위해, 또 무엇을 위해 빛나는 걸까.

길게 내뿜는 담배 연기 속에서 밤하늘을 볼 때,
불 꺼진 빈집에 혼자 문을 열고 들어갈 때,
우연히 보게 된 낯선 이의 뒷모습을 보며
누군가를 향한 그리움이 더해질 때,
그리고 누군가의 따뜻한 품에서
얼마쯤 울고 싶은 날에도 그랬다.

그때마다 나는 어둠이 드리워진 밤하늘을 올려다보았고,
별빛을 따라가며 천천히, 아주 천천히 생각들을 곱씹곤 했다.
그리고 그것들이 여전히 내 머리 위에서 빛나고 있음을 깨닫고 나면
나는 조금 쓸쓸해졌다.

그래, 별들은 언제나 그 자리에 있었다.
내가 그것을 의식하든 그렇지 않든.

얼마 전, 우리 눈에는 하나로 보이는 별이 실제로는

너 없이
이제는 이렇게 덩그러니 혼자 남겨진 내 모습을 본다.
우리 사랑은 그렇게 빛을 잃었다.
사랑이…… 그래.

두 개로 이루어 있다는 이야기를 들었다.
망원경으로 확대해서 보면 그들은 분명 둘로 나뉘어져 있고,
무수히 많은 별들 가운데 절반쯤이 그렇다는 것이다.
그것들을 사람들은 바이너리 스타^{binary star} 혹은
쌍성雙星이라고 부른다고 했다.

누군가는 그 이유를 별들도 외로움을 느끼기 때문이라는,
아주 낭만적인 이유로 설명했다.
그렇다면 한 남자, 한 여자와의 완전한 사랑을 꿈꾸는 우리 인간들처럼
별들도 누군가의 곁에 머물고 싶다는 말인가?

아, 무뎌진 마음이
다시 일렁이기 시작한다.

너 없이,
이제는 이렇게 덩그러니 혼자 남겨진 내 모습을 본다.

영원히 너의 곁에서,
너와 함께 빛나는 별이 되고 싶었던 내 마음이, 그 시절이,
깊은 어둠 속으로 사라져간다.

우리 사랑은 그렇게 빛을 잃었다.
사랑이…… 그래.

사랑이,
그래

1.

남자와 그의 친구.
그들은 마지막 버스를 기다리는 중이었다.

버스정류장에는 대여섯 명의 사람들이
주머니에 손을 넣거나 발을 구르면서,
또는 휴대전화를 만지작거리면서
저마다의 모습으로 버스를 기다리고 있었다.
그들 모두 어딘가 조금씩 지쳐보였다.

머플러를 있는 힘껏 끌어올린 남자는
아까부터 버스의 도착시간을 알려주는 전광판에 시선을 두고 있었다.
남자를 집 앞까지 데려다 줄 버스는
지금 남자가 있는 곳으로부터 아홉 정거장 전에 있고,
12분 후면 도착 예정이라고 했다.

두 사람의 대화는 드문드문 이어지고 있었는데,
남자의 친구가 툭 던지듯 물었다.

사랑, 해봤어?
해봤지. 갑자기 왜?

남자가 내뱉은 한숨은 하얀 입김이 되어서 뿜어져 나왔고,
'해봤지'라고 대답할 때 남자의 눈동자는 아주 잠깐 흔들리기도 했다.

그러자 남자의 친구가 대답했다.

옛날에 난 버스를 기다리는 일이
꼭 누군가를 기다리는 일과 비슷하다고 생각했었어.
아주 예전에 말이야.

버스를 기다리는 일, 그리고 누군가를 기다리는 일.
그게 왜, 무슨 까닭으로 비슷하다는 건지
남자가 묻기도 전에 친구가 말했다.

요즘은 버스가 언제 도착하는지 알려고 하면 얼마든지 알 수 있잖아.
하지만 버스가 언제 도착하는지 알 수 없던 불과 얼마 전에는
이렇게 기다리기만 하면 오는 건지,
언제쯤 와줄 건지 막막했을 때가 한두 번이 아니었다고 말을 이었다.
기다리던 버스가 와도 눈앞에서
그냥 보내야 할 때도 있었고,
기다리던 버스를 탔지만,
중간에 내려야 할 때도 있었고,
기다리던 버스인 줄 알았는데

그게 아니었던 적도 있었다고.

남자를 집 앞까지 데려다줄 버스는
이제 남자가 있는 곳으로부터
두 정거장 전, 3분 후 도착 예정이다.

때론 누군가를 하염없이 기다려야 하는 일,
하나의 사랑이 끝나도 다음 사랑을 꿈꿔야 하는 일,
사랑하고 헤어지고 상처받고
그래도 결국 다시 사랑하게 되는 일.

사랑이, 그래.

2.

남자는 지금도 가끔 그녀의 꿈을 꾼다.

꿈속에 나타난 그녀는 아무 말도 하지 않았고, 남자에게 다가서지도
않았다. 꿈속에서 그들은 거리의 무수히 많은 타인들처럼
서로를 스쳐 갈 뿐이었다. 종종 남자를 향해 원망과 미움이 뒤섞인
눈빛을 보내던 그녀는 언제나 남자의 눈앞에서 사라지고 말았다.

잠에서 깨고 나면 그것은 현실이 아닌 꿈이었다. 그렇게 그녀의 얼굴을
꿈속에서 본 날이면, 남자는 두 사람의 마지막 순간을 떠올렸다.

그들의 이별은 생각보다 간단했다.
그녀가 먼저 이별을 말해왔고, 남자는 그 이별을 받아들였다.
왜 그러느냐고 따져 묻지도 않았고, 다시 한 번 생각해보자고 붙잡지도
않았다. 그즈음 그들은 반복되는 다툼에 지쳐 있었고,
그래서 어쩌면 어느 정도 마음의 준비를 하고 있었는지도 모른다.

남자가 "알겠다"고 그렇게 하자고 고개를 끄덕이자,
그녀는 그럴 줄 알았다는 듯 슬프게 웃으며 끝내 고개를 숙였다.
그녀는 조용히 울고 있었다.

그녀의 어깨로 향하던 남자의 손이 허공을 맴돈다.
이제 더는 그녀를 안을 수도, 위로할 수도 없다는 걸 그는 알고 있었다.

우리, 이렇게 끝인가 봐.

퇴근길.
플랫폼에서 지하철을 기다리는 남자에게 누군가 경춘선이
곧 사라질 거라고 말해주었다. 청량리역과 춘천역 사이를 오가던
무궁화 열차의 운행이 중단되고, 이제 곧 전철이 개통된다는 것이다.
묵묵히 그 얘기를 전해 들은 남자는 며칠 전 꿈에서 본
그녀의 희미한 얼굴을 떠올렸다.

사랑했던 날에 그들은 경춘선을 타고 북한강을 따라 펼쳐진
가을 단풍을 보러 간 적이 있었다. 그 시절에 그들은 설레었고, 행복했고,
깊이 사랑했었다. 하지만 지금 이 순간, 그 모든 것은 과거의 기억으로만
남아 있다. 흘러간 시간 속에 남겨진 추억으로만 존재하고 있다.

사람들이 경춘선이 '없어진다'가 아니라 '사라진다'고 표현하는 것처럼
사랑의 순간들도 절대로 없어지지 않는다.

조금씩 무. 더. 지. 고.
조금씩 사. 라. 질. 뿐.

남자는 생각했다.
그녀와 자신을 오가던 기차는
바로 그 해 늦가을에 멈춰버렸는지 모른다고.

사랑이, 그래.

3.

해질 무렵, 남자는 장례식장에 있었다.
후배의 어머니가 돌아가셨다는 소식을 듣고 한걸음에 달려온 길이었다.
그의 어머니가 꽤 오랜 시간 병상에서 투병 중이었다는 사실을
알고 있었지만, 갑작스러운 소식에 좀 놀라기는 했다.

슬픔이 가득한 후배의 얼굴과 마주한 남자는
무슨 말을 해야 할지 몰라서 "힘내, 좋은 곳으로 가셨을 거야"
이런 식의 누구나 할 수 있는 상투적인 위로를 건네고 돌아선다.

영정 속 후배의 어머니는 꽃처럼 환하고 곱다.
국화 한 송이를 내려놓는 남자의 손이 가볍게 떨려온다.
영정 앞에는 고인과 삼남매의 행복한 웃음이 담긴 사진 한 장이
놓여 있었다. 남자는 이런 생각을 했다.

사랑하는 사람을 떠나보내야 하는 순간은 이루 말할 수 없이
아프고 슬프지만, 그래도 생애 가장 행복했던 추억을
가슴에 안고 떠날 수 있다면 조금은 덜 아프지 않을까.
그러니 다행이다.

한때 남자는 이런 생각을 한 적이 있었다.
사람의 기억력은 어디서부터 어디까지일까?
'다 잊었다고 생각한 일'이 불쑥 고개를 내밀 때도 그랬고,
'절대로 잊지 말아야겠다'고 되뇌고 되뇌던
어떤 일이 점점 희미해지는 순간에도 그랬다.

남자가 사랑했던 한 여자는 이런 말을 했었다.
사람들은 저마다의 가슴 속에 행복한 기억 몇 개를 품고서
그 시간들이 주는 힘으로 평생을 사는 거라고.
아무리 힘들고 괴롭고 미워도 그 시간들이 주는 힘으로 버티는 거라고.

우리 중 그 누구도 마지막을 보면서 사랑하지는 않는다.
그래서 우리는 사랑할 때
내가 줄 수 있는 가장 큰 것
내가 줄 수 있는 가장 좋은 것
내가 줄 수 있는 가장 기쁜 것을 준다.

사랑이 끝나도
사랑했던 좋은 날들은 기억 속에 아름답게 남아주길 바라면서.

오늘, 헤어졌어요

ⓒ 신경민 2011

초판 1쇄 발행   2011년 9월 7일
초판 2쇄 발행   2011년 12월 23일

지은이   신경민

펴낸이   강병선
편집인   윤동희

편집   박은희
디자인   문성미
그림   한승임
마케팅   방미연 우영희 정유선 채유담
온라인 마케팅 이상혁 한민아 장선아
제 작   안정숙 서동관 김애진
제작처   영신사

펴낸곳   (주)문학동네
출판등록   1993년 10월 22일 제406-2003-00045호
임프린트   북노마드

주 소   413-756 경기도 파주시 문발동 파주출판도시 513-8
전자우편   booknomad@naver.com | 트위터 @booknomadbooks
문 의   031.955.2695(마케팅) 031.955.2646(편집) 031.955.8855(팩스)
페이스북   www.facebook.com/booknomad

ISBN   978-89-546-1583-9 03810

www.munhak.com

비밀의 향기

김 재 영

보미의
우리 술 이야기

비밀의
향기

샘창

우리의 전통문화를 이어받아

새로운 길을 열어가는 모든 분에게

감사와 존경의 표시로

이 책을 바칩니다.

이 책은 전통주를 소재로 한 재미있는 소설이면
서 동시에 우리 술 관광 안내서로도 손색이 없는 작
품이라 자부합니다.

첫 장부터 벌과 나비까지 홀려 어여쁜 꽃이 제 혼
자 시들어 떨어지게 만든 '천상(天上)에 오른 향기
(香氣)'가 나오고, 이를 "천사의 몫"이라 말하고 있습
니다. 술의 향에 대한 멋스러운 표현입니다. 글을
읽어가면서 자연스럽게 술에 대해 제대로 된 관점

을 가지게 하고 양조(釀造)를 쉽고 재미있게 알 수 있도록 스토리에 담고 있는 술 이야기입니다.

우리나라 판소리 〈춘향전〉이라는 원형 서사를 모티프로 창작한 '포스트 춘향전'이라 할 수 있어서 무엇보다 친근하고 흥미롭습니다.

지상에서 이루지 못한 한을 풀고자 하는 주인공은 세상에서 가장 좋은 술을 빚기 위한 여정으로 제주도에서부터 한반도 전역을 다니며 유명한 우리 술 비법을 찾습니다. 이 '하늘에 오른 비밀의 향기' 속 여행 과정만으로도 전국 우리 술을 만나볼 수 있는 최고의 관광상품이 될 수 있다고 봅니다. 그리고 술 익는 소리를 저자는 다음과 같이 표현하고 있습니다.

"샘물 솟듯 퐁퐁거리고, 바람에 흔들리는 종처럼 웅웅 울고, 양철 지붕에 내리는 빗소리처럼 우당탕대다가는 파도 거품처럼 부글부글 사그라져서 마치 난타 연주라도 듣는 듯했다."

혹, 독자 여러분들께서 양조장 관광을 할 기회가 있으시면 소설 속의 내용을 상기하여 살아 숨 쉬는 발효실을 체험해보기 바랍니다. 술이 살아 숨 쉬고, 끓어오르고, 익어가는 모습을 오감(五感)으로 느끼게 될 것입니다.

이 책을 통해 향후 우리 술의 인문학적 접근과 풍부한 스토리 창작이 필요함을 느꼈습니다. "하늘에 오른 비밀의 향기"와 같은 인문학적 창작의 세계가 열렸으면 합니다. 술의 음용(飮用) 문화가 단순히 취(醉)하기만이 아닌 향과 맛 그리고 스토리를 함께 가져간다면 우리 술은 더욱더 발전할 것이라 믿습니다.

꽃 피고 새 우는 흥거운 단옷날, '막걸리 빚기'가 국가무형문화재로 지정이 되었습니다.

한 나라의 음식 문화의 정점은 그 나라 전통주라고 합니다. 앞으로 인문학적 탐구를 더하고, 풍부한 스토리 창작을 통하여 우리 술 음용 문화를 발전적으로 보급해야 한다는 생각이 듭니다.

마지막으로 우리 술에 대한 풍부한 인문학적 소양과 흥미로운 스토리 창작을 위해 노력하신 저자 김재영 선생님께 감사드립니다.

정규성 • 한국막걸리협회 회장

차

례

천녀 춘향

땅 위의 모래알을 모두 합한 것보다 더 많다는 하늘의 별. 그 별을 다스리는 지극히 높으신 분께서 어느 날 지상을 내려 보다가 깜짝 놀라고 말았다.

바야흐로 따뜻한 봄이 왔건만 온 세상이 뒤숭숭했다. 벌과 나비는 이리저리 징징대며 날아다니다가 돼지 여물통이나 두엄 더미, 온갖 더러운 쓰레기에 머리를 박아대기 일쑤고, 어여쁜 꽃들은 벌, 나비를 만나지 못해 속절없이 시들어 떨어지고 있었다. 하늘나라의 대천녀들을 다급히 불러 그 연유를 물으니 아무도 아는 자가 없었다.

"큰일이로다. 어인 일로 지상의 질서가 이리 혼란스러워졌단 말인가. 장차 이 일을 어찌하면 좋을고."

한바탕 소동을 피우듯 회의를 마치고 모두 흩어진 뒤에, 높으신 분 앞에 한 천녀가 나타나 간절히 뵙기를 청했다. 어여쁜 천녀의 손에는 구름으로 만든 하얀 호리병이 있었는데, 그 호리병에 귀한 향기를 담아 왔으니 한 번만 맡아달라는 거였다. 높으신 분은 심성이 곱고 부지런해 맡은 소임을 게을리하지 않는 그 천녀를 평소 어여삐 여기던 차라 자칫 무례해 보이는 요청임에도 기꺼이 응했다.

"오호, 참으로 신묘한 향이로다. 이는 어느 상서로운 꽃의 향기더냐?"

"송구하오나 이는 꽃의 향이 아니옵니다."

"그럼 어느 별, 어느 지역의 과일 향이 이리 좋단

말이냐?"

"높으신 분이시여, 실은 과일 향도 아니옵니다. 이것은 썩은 것의 향이옵니다."

높으신 분의 길고 하얀 눈썹이 한순간 쭈뼛 세워졌다.

"그 무슨 해괴한 말이더냐. 영혼이 맑은 천녀라 여겨 세상의 향기를 관장하는 업무를 맡겼거늘, 지금 나를 농락하려는 것이냐?"

"높으신 분이시여, 방금 전이나 지금이나 이는 썩은 곡식이 풍기는 냄새임이 틀림없사옵니다. 다만, 지상에서는 이것을 잘 익은 술의 향이라 부르는데, 잘 익었다 함은 인간의 손으로 미생물을 다스려 '발효'라는 과정을 거친 뒤에 만들어진 이로운 음식을 일컫는 줄 아옵니다."

높으신 분은 고개를 끄덕이며 미소 지었다. 그제야 천녀는 마음을 놓고 좀 더 자세한 설명을 보냈다.

"높으신 분께서 술과 발효에 대해 모르실 리야 있
겠나이까. 다만 지상의 향기를 감별하는 일을 보던
중에 하도 특별하고 향기로운 게 맡아지기에 알려
드리려고 찾아왔사옵니다. 이 향기는 땅별의 매우
작지만 아름다운 지형을 띤 한반도에서 '천상의 몫'
으로 올라온 향기인 듯하옵니다."

"천상의 몫이라니?"

"아뢰옵기 송구하오나, 실은 인간들이 지상에서
술을 빚어 오래 숙성시키는 과정에서 저절로 떠올
라 하늘에까지 닿는 술의 향기가 있사온데, 양조가
들은 이를 '천상의 몫'이라 부르고 있나이다. 술을
숙성하는 과정에서 그 양이 현격히 줄어드는 이유
이기도 하지요. 오래전부터 저희 천녀들끼리는 그
향을 구름호리병에 모았다가 특별한 날에 나누곤
해왔나이다."

"저런, 저런…. 그 좋은 향을 그대들끼리만 즐겨
왔단 말이로구나."

높으신 분은 혀를 차며 말씀하셨지만 입가에 이미 봄볕처럼 따스한 미소가 번져 있었다.

"한데 그대 이름이 무엇이었던고?"

"춘향이라 하옵니다. 마지막으로 지상의 생을 마칠 때 불린 이름이지요."

"오호, 그대가 바로 신의의 미덕으로 소문난 춘향이로구나! 한데 익히 알고 있던 향기이거늘 어찌하여 느닷없이 내게 알리는 것이냐? 이제라도 천녀들의 비밀을 털어놓고 용서를 구하는 것이냐? 그렇다면 스스로 고백한 것으로 알고 내 그대들을 용서하노라. 다만 술 향에 취해 제 맡은 일을 소홀히 하지 않도록 주의하여라."

어여쁜 천녀 춘향은 너그러운 높으신 분에게 깊이 감사드리고 물러서는가 싶더니, 오히려 더욱 안절부절못하였다. 높으신 분께서 그 연유를 물으니, 춘향이 깊이 고개 숙여 절을 한 뒤 감추어둔 속사정을 말하였다.

"수천 년 전부터 한반도에서는 향기롭고 이로운 술을 빚어 기쁠 때나 힘들 때나 서로 어울려 나누어 왔사온데, 지금으로부터 약 백 년 전에 국운이 쇠하여 이웃 나라 식민지가 되면서 그 맥이 끊길 지경이었나이다. 그러다가 근자에 이르러 좋은 술 향이 다시 올라오고 있사온데, 그 때문에 제 마음이 나날이 심란해져 요 며칠 맡은 업무를 소홀히 했나이다."

"그렇다면 오늘 낮에 본 그 희괴한 풍경이… 벌나비가 똥구덩이에 입을 맞추고 꽃들이 홀로 피었다 허망하게 지고 마는 일이 그대가 지상의 향기를 소홀히 다스려 벌어진 소동이란 말인고? 저런, 저런….'"

"높으신 분이시여! 부디 저를 벌하여 지상의 향기를 관장하는 중책이 아닌, 거칠고 힘든 일을 맡겨주시옵소서."

높으신 분은 천녀 춘향의 소행이 심히 괘씸했으나 스스로 거친 일을 하겠다는 천녀는 처음 보는지라, 일단 징벌을 미루고 마음이 심란한 연유를 자세히 물었다. 어여쁜 천녀 춘향이 그제야 어려운 사정을 굽이굽이 펼쳐놓았으니, 그 사연이 가히 그럴듯했다.

꽃 피고 새 우는 흥겨운 단옷날, 처음 만나 사랑에 빠진 성춘향과 이몽룡이 이윽고 혼인의 언약을 맺었는데, 얼마 뒤에 이몽룡이 한양으로 과거 시험을 보러 가게 되었다. 그때 이몽룡이 춘향더러 사정이 여의치 않아 부부의 연을 맺기 어렵게 되거든 우리, 까짓것 모든 것을 내려놓고 마포나루에서 술이라도 빚으며 살자고 호언하였다. 그 순간을 떠올리니 이몽룡의 목소리가 귓가에 들리는 듯했다.

"올라가자 올라가. 너로 하여 일가 모아 사당 앞에 볼기 치고 문호를 흐렸다고 쫓아 내치거든 용산 삼개 좋은 바닥 삼사간 집 사가지고 막걸리 장사라도 하여보자. 올라가자 내 말 타고 올라가자, 춘향아!"*

체모 아는 춘향이 차마 그럴 수 없어 귀한 감홍로로 이별의 술을 나누고 이몽룡과 헤어졌다. 그 뒤 춘향은 변 사또에게 시달리다 옥살이마저 하게 되었는데, 천신만고 끝에 어사또가 된 이몽룡을 다시 만나게 되었으니 천만다행이랄밖에. 춘향 모 월매와 고을 사람들은 모두 덩실덩실 춤추며 기뻐했다. 여기까지는 누구나 아는 사실인데, 문제는 그 뒤에 벌어졌다.

춘향이 이몽룡 따라 한양으로 입성하였으나, 예상보다 크나큰 난관에 부딪히게 되었다. 시댁 식구들은 물론 주변 양반가의 반대와 질시가 이루 말할 수 없이 심하여 차마 숨을 쉬고 버티기 힘든 지경인데, 설상가상으로 이몽룡마저 암행어사로 활약하며 파직시킨 자들의 모함으로 인해 처지가 위태로워졌

●판소리 〈춘향전〉의 한 대목.

다. 급기야 죄인의 누명을 쓰고 멀리 제주섬으로 귀향을 가게 되었으니, 춘향은 눈앞이 캄캄했다. 겨우 정신을 차려 죽어가는 자도 살린다는 귀한 술을 구해서 유배 길에 오른 서방님을 찾아갔지만, 심한 태형으로 인해 이몽룡은 이미 목숨이 다한 뒤였다. 이에 춘향은 애통함으로 몸과 마음을 가눌 길이 없었으니, 곡기를 끊고 시름시름 앓기를 이레 만에 저절로 숨을 거두게 되었다.

"귀하고 높으신 분이시여, 이제라도 저는 세상에서 가장 향기롭고 이로운 술을 빚는 법을 배워 마포나루에서 서방님과의 약조를 지키고자 하옵니다. 부디 저를 지상으로 보내시어 못 이룬 원을 풀게 해주시옵소서."

"오호, 그 사연이 봄날의 소쩍새 울음소리처럼 애절하도다. 허나 이제 와 지상에 내려간들 이미 오래전에 죽은 연인을 어찌 찾겠느냐."

"그것일랑 염려 마소서. 아직 이승의 한을 풀지

못한 이몽룡의 혼은 사내아이로 환생을 거듭하며 천생배필을 찾고 있다고 들었나이다. 하오니 제가 세상에서 가장 좋은 술을 빚어 마포나루에 자리를 잡으면, 서방님은 기필코 옛 기억을 되짚어 저를 찾아오리라 믿사옵니다."

높으신 분은 고개를 끄덕이며 한참을 침묵하던 끝에 조용히 말하였다.

"내 그대를 지상으로 보내 오랜 숙원을 풀게 하리라. 다만 천상에서 맡은 업무가 막중하니, 초승달이 열두 번째 뜨는 날까지는 어김없이 돌아올 것을 약조하여라. 그리할 수 있겠느냐?"

"예. 성은이 망극하여이다."

천녀 춘향은 감격에 겨워 수없이 머리를 조아리며 인사를 하고는 총총히 물러났다.

그로부터 얼마쯤 지나 이윽고 한반도 지상에 초승달이 뜨는 날 밤, 천녀 춘향은 출산한 산모의 젖처럼 부드럽고 뽀얀 달빛을 타고 은밀히 지상으로 내려왔다.

1장

오메기술이냐
고소리술이냐

넓고 푸른 바다 위에서 여자는 숨을 깊이 들이쉬었다. 비릿한 바다 냄새가 희미하게 맡아졌다. '아, 여기가 어디지?' 머릿속으로 어떤 생각이 들어서는 순간, 부드럽고 하얀 거품에 둘러싸여 바다 위에 둥둥 떠 있던 여자의 몸이 갑자기 가라앉기시작했다. 몸을 곧추세우려 하니 발밑이 허방이었다.

"아아, 살려주세요!"

발버둥 치며 소리쳤지만 소용없었다. 귀가 먹먹

해지고 입안으로 짠물이 들어왔다.

여자가 다시 정신을 차리고 보니, 바닷가 모래사장 위였다. 차르르 잔돌을 굴리며 부서지는 파도 소리가 들릴 뿐 사방이 고요했다. 하얀 초승달만이 여자의 벌거벗은 몸을 흐릿하게 비추었다. 고개 돌려 둘러보니 모래언덕 너머로 좁고 긴 둑방 길이 이어지고, 그 끝에 불 밝힌 집이 한 채 보였다.

여자는 비칠대며 그 불빛을 향해 걸어갔다. 한참을 걸어가자 조개껍데기를 엎어놓은 듯한 나지막한 지붕이 눈에 들어왔다. 이윽고 돌집 앞에 도착했지만 가로질러 놓은 정랑 앞에서 그만 쓰러지고 말았다.

"이봐요, 이제 그만 눈을 떠보구려. 뭘 좀 먹어야 살 거 아니우꽈? 몇 날 며칠 잠만 자면 어쩌누?"

여자는 눈을 번쩍 떴다.

'여기가 어디지?' 두리번거리는 여자에게 늙수그레한 할망이 다가와 말을 붙였다.

"어떤 설움이 있는지 모르지만, 산목숨일랑 함부로 마소. 산으로, 바다로 갔던 동네 남정네들 다 죽고 나서, 여기 어멍들이 뭐 살고 싶어 살았수꽈? 경해도 살암시난 살아졌주. 새끼들 챙기며 고된 세월 살아 이제 살 만해수다. 아, 어느새 할망이 되어부러시난. 짧고도 짧은 인생 아껴서 살아봅써."

그러면서 슬그머니 입안으로 죽을 밀어 넣어주었다. 고소하고 담백한 보말죽이었다.

순순히 받아먹고 서서히 기운을 차린 여자가 나직한 목소리로 할망에게 물었다.

"여기가 어딘가요?"

"서귀포 남원읍이지."

여자는 그제야 기억이 났다. 하늘에서 내려올 때 '이몽룡이 생을 마감한 유배지, 그 섬으로 가게 해주세요'라고 빌었는데, 하필 실수로 바다 위에 떨어졌던 것이다.

천상의 높으신 분과의 약속대로 열두 달 안에 세

상 제일가는 술과 이몽룡을 찾아야 하는데 벌써 며칠을 허송세월했다 생각하니, 저절로 한숨이 나왔다.

"하이고, 무신 한숨을 경 짚이 쉬엄신가. 땅 꺼져불켜. 곱상한 비나리는 이름이 뭐우꽈?"

"봄 춘에 향기 향… 아, 아니지. 그냥 보미라 불러주세요."

그러자 할망이 여자 어깨를 탁, 쳤다.

"보미라…. 이름 참 곱구나. 너 그 숨 깊은 걸 보니 해녀 하기 딱 좋다. 이제부터 나 따라댕기멍 바당 일이나 배우며 살라. 미역 따고 성게 따멘 굶어 죽진 않을 거여."

그날로부터 여자는 보미라 불렸다. 보미는 할망이 해주는 밥과 해산물을 먹자 봄날 병아리 자라듯 몰라보게 기운이 솟아 첫날에는 텃밭 검질(잡초) 매기 배우고, 이튿날에는 바다에 가서 물질을 배웠다. 그러나 사흘째 되는 날에는 다시 풀이 죽어버렸다.

더 이상 이러고 지낼 수는 없겠다 싶어 할망에게 자신의 속사정을 털어놓았다.

이야기를 한참 듣던 할망이 갑자기 무릎을 탁 쳤다.

"그런 거민 걱정 말라. 옆 마을에 가민 세상에서 제일 귀한 술을 빚는 집이 있져."

할망 손에 이끌려 찾아간 곳은 옛 고을 성읍에 있는 작은 양조장이었다. 양조장 주인은 할망을 반가이 맞으면서 금방 떠낸 약주라며 잔에 술을 따라 건넸다. 할망이 단숨에 벌컥벌컥 들이켜고 나서 "맛 좋다! 이 맛이 제라한 맛이주"라며 추임새 넣듯 말했다. 그 맛이 자못 궁금해진 보미도 체면 불고하고 거침없이 마셨다. 일순 보미 얼굴에 화색이 돌았다. 그런데 잠시 뒤에는 고개가 갸우뚱해졌다. 연거푸 몇 모금을 입에 물고 맛을 음미하면서도 여전히 의심스레 고개를 기울였다. 술 빚는 솜씨가 남원 제일이라는 칭찬을 듣던 주모 월매의 딸이었던 춘향. 그렇기에 누구 못지않게 술의 맛을 잘 감별한다고 자부하던 터인데, 처음 경험하는 제주 술은 상큼하기는 하나 신맛이 너무 과한 게 아닌가 싶었다. '발효술에서 신맛은 과하면 어수선하고 모자라면 지루하다 했는데….' 생각 끝에 보미가 물었다.

"어르신, 이 술은 방금 걸러낸 것인데 어째서 신맛이 강합니까? 강한 산미는 산패할 때 나는 맛과 유사해서 좀 염려스러운데…. 하나 신기하게도 이 술의 신맛은 녹담만설(鹿潭晚雪) 녹은 용천수처럼 상큼하니 이는 또 어찌 된 일인가요?"

"그야 제주 쌀 '산듸'를 쓰는 탓이주게. 이 섬은 논이 귀해 밭에서 쌀농사를 짓는데, 이를 '산듸'라 불러. 산듸 쌀을 쓰면 이추룩 상큼한 맛이 나난."

그때 할망이 넌지시 물었다.

"차조로 담근 오메기술은 어신가? 그게 젤로 귀한 술인 줄 아는디마씀."

"지난겨울에 다 팔았주. 가을 상강(음력 10월 24

일)에 담근 거라 술독 열자마자 다 나간. 대신 이것 좀 맛봅서.”

그러고는 병에 담긴 맑은 술을 가져왔다. 탁주를 증류시켜 만든 제주 전통 소주인 고소리술이라 했다. 주인이 자부심을 갖고 설명하기를, 원이 지배하던 시기에 개경과 안동, 그리고 제주도에는 쌍성총관부가 설치되었는데 그때 증류식 소주가 전파되어 일찍부터 좋은 술을 만들었다는 것이다. 제주에서 많이 나는 차조와 보리 등 여러 곡물을 이용해 만드는데 보미도 잔을 받아 그 맛을 보니 가히 탄복할 수준이었다.

“고소리술도 참 좋지만 상강에 담근 오메기술을 맛보아야 하는디, 아깝구만… 춧춧.”

할망은 혀를 차며 못내 아쉬워했다.

“아이고, 할망도! 오메기술에 쓰는 누룩은 보리로 만들고 오메깃국이라 부르는데, 8월에 디뎌서 띄워야 하주. 음력 10월까지 띄우고 건조해서 보관

했다가, 술 빚기 며칠 전에 가루로 빻아 햇볕에 내놓아 건조하고 밤에는 이슬을 맞혀가면서 법제해 사용하는데…. 정 그러시면 남은 누룩으로 한번 빚어봅서. 이러려고 했는지 마침 며칠간 법제해놓은 게 있으니."

보미는 오메기술 담그는 일을 도우며 제조 방법을 익혔다. 천녀 출신이라 그런지 금세 배울 수 있었다. 다만 오메기술이 익기를 기다릴 시간이 없었다. 다음 날 아침, 보미는 가방에 고소리술을 넣어 길 떠날 채비를 한 다음 할망에게 큰절을 올렸다.

"고마우신 할망, 저는 하루라도 빨리 온 나라의 명주를 찾아 보고 그 기법을 배워야 할 사정이 있습니다. 시간이 많지 않아 더 이상 에서 지체할 수 없으니, 부디 만수무강하세요."

그리고는 육지를 향해 길을 나섰다.

보미는 사람들에게 길을 물어 비행기라는 걸 탈수 있다는 공항으로 갔다. 한데 신분증이 없어 안에 들어갈 수가 없었다. 하는 수 없이 배편을 알아보려고 부두로 가니 거기서도 신분증은 필수라 했다. 다시 할망에게 돌아간 보미는 하염없이 눈물만 흘렸다.

보다 못한 할망은 해 질 녘에 슬그머니 마을로 나가더니 웬 청년을 데려왔다. 햇빛에 그을린 얼굴이지만 이목구비가 또렷했다. 자신을 '꾸미'라고 소개한 그 청년은 보미의 딱한 사정을 듣더니, 청아하고도 씩씩한 목소리로 말했다.

"마침 오늘은 파도가 잠잠하니, 달이 중천에 뜨거든 바닷가로 나오시오. 무슨 방도가 있을 거우다."

이윽고 밤이 깊어 바닷가에 나가니 예의 그 청년이 날렵해 보이는 배 위에서 그녀를 기다리고 있었다. 청년이 말하기를, "여기서는 '테우'라 불리는 배를 많이 타는데, 제주에 출도금지령이 내려 멀리까지 갈 수 없는 배만 만들도록 했기 때문이주. 그렇지만 마을 남자들은 몰래 쪽배를 만들어 이런저런

사연으로 제주를 급히 떠나야 할 사람들을 실어 나
르곤 했수다. 험한 세월에 여러 목숨 살렸주, 들리
는 말로는."

흐릿한 달빛 아래 찰박찰박 물 가르는 소리를 내
며 미끄러져 가는 배. 그 배 위에서 어둠에 잠긴 수
평선 너머를 하염없이 바라보는 보미에게 느닷없이
청년이 물었다.

"어디로 가잰 햄수꽈?"

"정읍으로 가려 합니다."

그 소리를 들은 청년은 보미를 뚫어져라 바라보
았다. 달빛 아래 다소곳하게 앉은 젊은 여인의 모습
이 가히 아름다웠다. 다만 복사꽃처럼 발그레한 한
쪽 볼에 깊고 섬뜩한 흉터가 있었다.

"실례인 줄 알지만… 그 뺨의 상처는 어쩌다 그리
되었소?"

갑자기 청년이 서울 말씨로 물었다. 짐짓 놀란 표
정이 보미 얼굴에 떠올랐지만 이내 사라졌다. 요즘

섬의 젊은이들이 서울말 쓰는 건 아주 흔한 일이라고 익히 들어 알고 있었기 때문이었다.

"엇갈린 운명을 한탄하다가 제 손으로 그었습니다. 걱정 마십시오. 언젠가는 낫겠지요."

실제로 보미는 행여 다른 사내의 주목을 받을까 싶어 그리 분장을 하였다. 청년은 잠시 숨을 가다듬더니 다시 차분하게 말을 이었다.

"정읍은 남원에서 멀지 않은 곳이라 들었소. 오다가다 짬이 나거든 남원에 있는 춘향 묘에 술이나 한 잔 올려주시오."

난데없는 소리에 보미의 가슴이 뛰기 시작했다.

"춘향은 아무도 모르는 곳에서 혼자 죽은 줄로 알고 있는데 어떻게 묘가 있단 말인가요?"

"후세 사람들이 그녀의 가엾고도 고귀한 마음에 감동받아 시신을 수습해 모셨다고 들었소."

고개를 끄덕이던 춘향은 더욱 궁금증이 일어 떨리는 목소리로 재차 물었다.

"한데 어찌하여 그런 부탁을 하는 것이요?"

"그저… 내 지인의 오랜 숙원이었소."

그러고는 입을 굳게 닫아버렸다.

마침 새벽녘 한기에 몸을 떠는 보미에게 청년이 입고 있던 옷을 벗어 덮어주었다. 몸이 따뜻해지자 보미는 어느 결에 그만 잠이 들고 말았다. 다시 눈을 떠보니, 육지의 항구에 닿아 있었고 청년과 배는 이미 사라지고 없었다. 간밤의 일이 몽중의 일인 양 느껴졌다.

2장

죽력고와 홍주,
그리고 이강주를 찾아서

　보미가 육지에서 제일 먼저 찾아간 곳은 '죽력고 (竹瀝膏)'를 만든다는 전라북도 정읍이었다. 죽력고 는 한마디로 '죽력(竹瀝)'을 넣어 곤 술을 말한다. 죽 력은 삼년 이상 된 튼실한 대나무를 잘게 잘라서 약 한 불에 오래 구워 얻는 진한 수액인데 중풍, 타박 상, 급체, 기력회복에 좋아 한방 구급약으로 쓰인다.

　보미는 오래전, 죽력고를 찾아 미친 듯이 뛰었던 아픈 기억이 떠올라 발걸음이 사뭇 무거웠다. 그날,

이몽룡이 심한 태형으로 몸이 으스러졌다는 소식을 들은 춘향은 수소문 끝에 '죽력고' 만드는 정읍의 양조장을 찾아가 귀한 술을 얻었지만 안타깝게도 유배 길에 오른 이몽룡에게 미처 전달하지 못했던 것이다.

새 생명을 얻은 춘향인 보미 역시 정읍 장터에 들러 죽력고 만드는 곳부터 수소문했다. 겨우 찾아낸 오래된 국밥집 주인이 대답 대신 묻기부터 했다.

"나이 어린 아가씨가 어떻게 죽력고를 알고 찾을까, 잉? 고문으로 만신창이가 된 녹두장군 전봉준에게 한 백성이 올린 건디, 그 술 마시고 원기 회복해 허리를 꼿꼿이 세운 채 압송되었다 하지라."

그러면서 대번에 양조장 위치를 알려주었다. 보미는 숨 돌릴 틈도 없이 그곳으로 달려갔다.

양조 마당으로 들어서자 왕겨 타는 향내가 구수했다.

"대나무를 잘게 쪼개 항아리에 가득 담아서 반쯤

묻은 항아리 위에 엎고 틈새를 젖은 한지로 메워요. 다시 황토로 두껍게 바른 뒤 콩대를 두르고 불을 지른 다음 왕겨를 붓는데 천천히 다 타도록 일주일쯤 기다려야 대(竹)기름을 얻게 되지요."

자랑스레 설명을 하던 주인은 지금이 마침 일주일 동안 공들인 죽력을 꺼낼 때라면서 뒤뜰로 갔다. 왕겨 탄 재를 헤쳐 얻어낸 죽력은 진한 향의 액체였다. 주인 양반은 대잎, 솔잎, 석창포, 계심을 죽력에 담가서 서로 잘 스미도록 삼사 일 놔둔다고 했다. 그러고는 명인이 농사지은 곡물로만 빚은 탁주를 가져왔다. 한 잔 마셔보니 달지는 않은데 시큼하고 텁텁한 맛이 과연 특별했다. 그런데 보미가 원하는 건 탁주가 아니었다. 마포나루에 가서 이몽룡이 찾아오기를 기다리려면 쉬이 변하지 않는 증류주, 죽력고가 제격이지 싶었다.

얼마쯤 지나 주인 양반은 솥에 탁주를 붓고 소줏고리 안에 숙성된 재료를 넣어 불을 때기 시작했다.

수분과 비등점 차이로 탁주의 알코올이 먼저 증발하면서 약재의 성분과 향을 머금은 소주가 방울방울 떨어지기 시작하는데, 이 고장에 따라서는 알싸한 맛과 향을 더하려고 소줏고리 귀때에 생강 주머니를 걸어두었다.

드디어 주인 양반이 간소한 안주와 함께 죽력고 한 잔을 권했다. 술잔을 앞에 두자 불현듯 떠오르는 옛 기억에 일순 눈물이 맺혔다. 태독으로 몸져 누워 있던 몽룡이 이 술 한 모금이라도 먹었다면 행여 몸을 추슬렀을까. 갓난아기 젖니 돋듯 미련이 생겨나더니, 뒤뜰 대숲을 지난 바람결에 묻어온 봄기운 탓인지 광한루에서의 춘정이 아지랑이처럼 피어났다. 조심스레 한 모금 입에 담았다. 명불허전이라. 생강 향이 더해진 죽력고는 고약 이름을 닮은 것과 달리 향긋하고 부드러웠다. 32도라 하니 더욱 놀라웠다. 여독을 풀어내고 맺힌 멍울을 살살 달랜다는 죽력고 덕에 보미도 오랜 석별의 아픔을 달랠 수 있었다.

"이 술은 맛이 좋고 몸에도 좋다고 하니 귀하게 여기겠습니다. 다만 제가 서둘러 가야 할 고장이 있어 오래 머물며 일을 돕지 못하고 떠남을 용서하세요…."

보미는 죽력고 한 병을 품고 서둘러 주인 양반과 일별한 뒤 남원으로 향했다.

남원에 들어서니, 감개가 무량했다. 산천은 옛 모습과 닮은 듯 다른데, 마을의 길이며 집들은 몰라볼 정도이고, 아는 이는 하나도 없었다. 지나가는 사람들에게 유명한 술도가를 물으니, 월매네 술은 모른다 하고 대뜸 '황진이' 술도가를 일러주었다. '송도 명기 황진이가 어찌하여 남원에 왔을꼬?' 자못 궁금하여, 술도가 주인장에게 물으니 허탈하게도 그저 황진이 유명세를 좇아 이름 지었을 뿐이라 했다.

철컥철컥 기계 돌아가는 소리가 낯설었다. 공장형 대형 양조장을 본 보미는 우선 그 시설에 놀랐다. 그다음엔 남원의 쌀과 누룩으로 발효 숙성시켜 오미자와 산수유, 오가피, 야관문을 첨가해 빚은 약주, 그 상큼한 향에 놀랐다.

술도가 주인장은 얼른 생막걸리 한 병을 들고 왔다. 그는 지리산 암반수를 넣어 빚었다는 황진이네 생막걸리는 숙취가 없고 부드러우며 청량감이 좋다고 자랑했다. 한 잔 먹어보니 과연 흔치 않은 맛이었다. 하나 월매 어머니의 술맛과는 사뭇 달라서 몽룡이 단박에 술맛을 알아보고 보미를 찾아올 성싶지는 않았다.

'삼보삼락(三寶三樂)으로 유명하다는 진도에나 들러볼까? 진도는 예로부터 진돗개와 구기자, 돌미역이라는 세 가지 보물과 민요, 서화, 홍주라는 세 가지 즐거움이 있다고 했으니….'

구성지고 애절한 진도 민요와 품격 있는 서화, 백자에 담긴 홍주를 떠올리니 발걸음이 절로 옮겨졌다.

진도 홍(소)주는 조선 시대 궁중 내의원이 향온[•]
을 귀한 은기를 사용해서 빚었다는 주조 내력을 가
지고 있는데 요즘에는 진도 도민조합이 빚은 지역
특산주로 유명했다. 지역조합에서 나그네들에게
건네는 한 잔 홍주에는 달콤한 꿀과 얼음이 들어가
고, 버들잎 대신 연둣빛 허브가 슬쩍 띄워져 있었
다. 주홍빛 술에서 나는 은근한 흙내와 꽃향은 노을
처럼 붉은 그리움을 불러왔다. 이대로 주저앉아 님
그리는 노래나 부르며 살까 보다, 싶은 저녁이었다.

다음 날 아침 보미는 일찌감치 눈을 떴다. 맥 놓
고 있을 때가 아니다 싶었다. 하루하루 달이 차오르
고 있었다. 보름달이 뜨는 날 마포나루에 있어야 서
방님을 만나든 말든 할 게 아닌가.

서울로 오르는 길에 전통 도시 전주에 들렀다. 전
주는 조선 3대 명주인 이강주의 고장이다. '梨(배

[•] '궁중 술'을 일컬음.

이)', '薑(생강 강)', '酒(술 주)' 자를 쓰는 이름대로 배와 생강이 들어간다. 울금, 계피, 꿀을 더한 전주 이강고는 상류사회에서 특히 인기가 좋았다.

황금빛과 고유의 향을 지닌 울금은 조선 왕실에서만 사용하던 귀한 거라 민가에선 쓰기 힘들었다. 다행히 전주의 특산품인 배와 완주 봉동읍의 생강, 임실과 진도의 울금이 만나 이강주 전통을 이어온 듯 보이니 양조장과 지역 농민 모두에게 이로운 일이로다. 이 술은 은은한 노랑에 맛도 청량하고 부드러워 '여름밤 초승달 같은 술'이라는 낭만적인 별칭으로 불린다고 했다. 그 옛날, 서방님 만나 정을 나누던 봄날의 밤이 새삼 떠올랐다. 창밖을 보니 새색시처럼 고운 초승달이 떠 있었다. 그새 한 달이 훌쩍 지나간 것이다.

간밤에 잠을 설친 보미는 느지막하게 일어나 오후가 돼서야 길을 떠날 수 있었다.

'조선 제일 명주를 빚는 비법을 익혀 마포로 가려

면 영남 땅을 꼭 거쳐야 할 텐데….'

늦잠 잔 자신이 한심했다. 이래저래 시간이 모자랐다.

3장

아! 안동소주

고갯마루가 험해 새조차 넘기 힘들다는 문경새재의 땅에 들어서니, 오미자 향기가 숲에 가득했다.

"우리 집은 오미자 와인을 만들고 있습니다. 삿갓 쓴 눈사람처럼 생긴 증류기가 보이지요? 두루미 목처럼 보이는 저 좁고 긴 관을 지나면 소주가 되지요. 자세히 보면 술 방울이 보일 겁니다."

가까이 다가가니 정말 증류된 술 방울이 맺혀 떨어지고 있었다. 이 과정을 두 번 거쳐 만든 도수 높은 소주를 백자 항아리에 담은 뒤 또 수년간 숙성해야 농후한 맛이 완성된다고 했다.

입안에서 술을 굴려가며 맛을 음미해보니 과연 기막힌 풍미였다. 52도 독주라는 말이 무색하게 놀랍도록 부드러웠다. 목넘김 뒤에도 오미자 잔향이 은은했다.

"저기, 산 너머 안동에 가보시오. 오래전부터 이름난 사대부 소주가 있다고 하니."

보미는 오미자 와인집 주인이 천거한 대로 이번에는 향반들의 소주를 찾아 길을 나섰다.

안동소주의 명성은 익히 들어 잘 알고 있었다. 증류 기술은 기원전 3000년경 페르시아의 연금술에서 유래했는데, 중국 원나라 때 소주를 만들기 시작해 몽골의 고려 침공 당시 군의 주둔지인 개성, 안동, 제주도 경로를 따라 한반도로 전해졌다고 한다.

하나 어디까지나 명나라 『본초강목(本草綱目)』에 따른 주장이다.

"우리나라엔 대대로 내려오는 소주 기술이 없었나요?"

보미가 안동소주 주인장에게 물었다.

"글쎄요···. 솥에 술을 붓고 그릇을 띄운 뒤 뚜껑을 뒤집어 얹어서 소주를 얻는 '는지'란 게 있는데···. 간단한 이 기술은 고대로부터 내려오지 않았을까, 추측해봅니다만···."

주인장은 말끝을 흐리며 술을 한 잔 건넸다.

한 모금 물어 맛을 보며 넘기니, 과연 동네 마트에서 흔히 파는 희석식 소주와는 비교가 되지 않았다. 딱 한 잔으로 삶의 정수를 가르치는 것처럼 정제된 깔끔함을 지닌 전통 소주. 목구멍을 정화하는 듯 숨이 탁 트이고, 정신이 번쩍 들게 했다.

"이건 아무 첨가물 없이 증류한 술이에요. 목젖이 알알하게 화끈하지만 마신 뒤에는 잔향이 은은한

순 곡주 그 자체지요."

안동소주의 명인인 주인장의 말에 강한 자부심
이 어렸다.

"이 깔끔한 술맛을 내려면 입국과 감압증류 시설
이 필요하지요."

"입국이 뭔가요?"

"입국은 당화효소를 가진 곰팡이 중 하나를 정
해 찐 곡물에 뿌려 만들어요. 전분을 분해하여 당화
한 뒤 효모를 넣어 당분을 알코올로 만드는데 입국
과 효모를 쓰면 일정한 맛과 품질을 설게, 유지하기
좋지만, 누룩처럼 다양한 맛과 향을 내기는 힘들지
요."

보미가 재차 전통 누룩에 대해 묻자, 명인은 일본
이나 중국과 달리 한국 전통 누룩의 특징은 종류의
다양성에 있다고 답했다. 그러면서 가장 많이 사용
되는 것은 자연 발효의 밀누룩이라며 자세한 설명
을 덧붙였다.

"효모, 유산균 등 미생물이 많은 밀누룩은 복합적인 풍미를 내기에 좋은데, 맑은 술을 만들 때는 곱게, 탁주나 소주용으로는 거칠게 빻지요. 얇은 누룩은 빠른 숙성 시간이 장점이지만 당화력, 향미를 위해 전용 발효실을 거치기도 하고, 두꺼운 누룩은 다양한 맛이 장점이나 부패가 쉬워 단단히 밟아 성형해야 하지요."

신비롭고 다양한 누룩의 세계가 한꺼번에 머릿속에서 펼쳐졌다.

"증류 방식도 몇 가지로 나뉜다고 들었습니다만…."

"같은 술이라도 내린 방식에 따라 맛과 향이 다릅니다. 소줏고리 증류는 알코올 비점이 물보다 낮은 원리를 활용한 대기압하의 증류법, 즉 상압증류법에 해당됩니다. 술덧을 끓이다 보면 알코올이 맺히는데 이것이 이슬처럼 떨어진다고 해서 노주(露酒), 불로 끓여 화주(火酒)라고도 하지요. 그걸 농축하면 도수 높은 소주가 됩니다."

명인은 설명을 잠시 멈추더니 양조장에 놓인 특수 증류기를 가리키면서 말을 이었다.

"상압방식은 소주를 만들어내기 좋은 기본증류 방식이지만, 불땀을 조절하기가 어려워 자칫 술덧[•]이 타면 탄내가 납니다. 그래서 증류장치 내부를 감압해 저온에서 증류하는 감압증류 방식을 이용하기로 했지요. 그 덕에 술이 더 깔끔하고 부드러워졌어요."

불현듯 어머니 월매의 누룩 맛이 가물가물 기억날 듯했다.

"맛이 깔끔하고 그윽한 꽃향이 나는 이 술은 차분하고 순수해서 칵테일 기주로도 좋습니다. 중요한 국가행사 때 소주에 꿀, 생강시럽 등 부재료를 더해서 전통주 칵테일을 선보였는데 아주 인기가 좋았

[•]소주의 원료가 되는 발효주.

답니다, 허허."

명인의 너털웃음이 보기 좋았다. 그러나 마음 한 편으로는 어머니 술의 고유한 향을 기억하지 못하는 자신의 처지가 안타까웠다.

안동에는 명인의 집 말고도 소주를 만드는 주조장이 몇 군데 더 있었다. '술 씨앗'이라 불리는 누룩은 집집마다 전통 누룩, 개량 누룩, 쌀 입국, 또는 비열처리법에서 사용되는 무증자 누룩 등 다양했다. 쌀, 누룩, 물로만 만드는데도 발효제와 증류 방식을 달리하면 신묘하게도 맛이 달랐다. 명인이 말했다.

"금정산성 근처 산성마을은 수백 년간 누룩 전통을 이어오는 곳인데, 금주령으로 관군이 단속을 나오면 강보에 싸인 아기를 관군에게 던지고 누룩 담긴 보자기를 들고 도망쳤다는 웃지 못할 이야기마저 전해진답니다. 조선 시대에는 흉년이 들 때마다 금주령이 내려지고, 일제강점기에는 가양주 전통의 양조장들이 강제 폐업당했음에도 불구하고 다양한 술이 안동 지역에 남아 있는 것은 기적에 가까워요. 모두 필사적인 전통주 보존을 위해 노력한 결과이지요."

그 뒤로도 전통주 수난은 오래 이어졌다. 일제의 밀주 단속은 유신 시대 양곡관리법으로 계승되었고, 거대 자본화한 대형 주류업체만 살아남았다. 그러다 최근 들어 소규모 양조장의 생산 판매를 허락하자 다시 다양한 전통주가 만들어지고 있다니 다행이 아닐 수 없었다.

집집마다 간직한 다양한 술의 비밀, 그 숙제를 풀기 위해 보미는 또 다른 양조장을 찾아갔다. 엘리자베스 여왕 방한 당시에 만찬주로 내놓은 안동소주를 만드는 곳이었다.

"이 댁은 민속주라는 덧이름이 붙어 있던데, 전통 방식 그대로 제조하나요?"

"우리는 직접 디딘 밀누룩을 사용하고 소줏고리와 같은 상압증류 방식을 쓰지요. 거기에다 장기간 발효시킨 술덧을 쓰기에 술맛이 특색 있다 합디다."

기능보유자인 주인장의 차분한 말투에서 단단함이 느껴졌다.

잠시 뒤 직원이 유명한 안동 간고등어를 안주로 작은 개다리소반에 술상을 내왔다. 먼저 술의 향기를 맡고 입안으로 살며시 밀어 넣었다. 깊은 감칠맛과 구수한 누룽지 향이 옛 정취를 느끼게끔 했다.

"집 나간 며느리 돌아오게 한다는 가을 전어구이처럼 떠나간 님 돌아올 법한 짭조름한 고등어 살을 안주로 삼으니 술맛이 더욱 살아나네요. 양념한 닭찜이나 하회천 은어조림과도 잘 어울릴까요?"

보미의 사설에 기분이 좋아진 주인장이 말했다.

"술과 음식은 하나의 뿌리에서 나온 두 갈래 가지와 같지요. 그래서 향토음식은 대체로 지역 명주와 잘 어울리나 봅니다."

탁주 한 사발을 만들려면 쌀이 한 되, 소주 한 병에는 탁주 여섯 병이 든다. '보릿고개' 무서운 줄 아는 보미인지라 소주가 얼마나 귀한지 짐작이 갔다.

'굶주린 백성을 우선 걱정하는 어사또께서 이 귀한 술을 드시려고 할까?' 잠시 고민되었다. '그렇지만 시대가 바뀐걸. 온나라에 소주가 넘쳐나고, 먹거리를 쌀에만 의존하는 시대도 아니니 이해하겠지. 내 기필코 최고로 귀하고 좋은 술을 찾아내 서방님이 나를 찾아오게 하리라!' 이런 새로운 다짐이 고단한 보미를 다시 일으켜 세웠다.

1장

경기도에 가면
그 술이 있다

　다시 길 떠나는 보미가 신발 끈을 단단히 고쳐 매는 중이었다. 문득 꿀을 넣은 감홍로를 자라병(빨주)에 가득 담던 순간이 어제 일처럼 선명히 떠올랐다. 그 옛날 한양으로 과거 보러 가는 이도령과 이별주로 마신 술이 감홍로가 아니던가. 당시에도 이강주, 죽력고와 함께 조선에서 으뜸이라 불린 명주인 데다 달달한 단맛 때문에 인기가 높았던지라 그 전통이 어딘가에 남아 있을 것 같았다.

'아뿔싸! 지금은 나라의 허리가 뚝! 남북이 분단된 시대라 하지 않던가. 평양에 갈 수 없으니, 평양 감홍로란 그림의 떡이 아니던가', 생각하던 끝이었다. 꿩 대신 닭이라 하지 않던가. 평양이 가까운 판문점 근처로 가면 실향민들이 전해준 비법의 감홍로를 맛볼 수 있을 터, 보미는 더 이상 고민 없이 단숨에 파주로 갔다.

파주에 있는 감홍로 양조장은 소줏고리가 아닌 현대적인 증류기를 사용하고 있었다.

"원래 감홍로는 소주에 단맛 나는 재료를 넣고 홍곡˙으로 발그레한 빛을 낸 것인데, 소줏고리 귀 때 밑 단지 위에 지초(芝草)를 놓아 붉게 착색하고 꿀을 넣기도 합니다."

보미는 일곱 가지 약초가 들어가 향이 더욱 좋다는 감홍로를 입에 머금었다. 곶감 같은 단맛이 나는

˙붉은빛이 나는 쌀. 백소주에 담가 붉은빛을 우러내서 홍소주를 만드는 데 쓴다.

귀한 용안육에 정향, 진피, 계피, 감초와 생강 등 약
초 향이 입안에 확 퍼졌다.

"이건 조선의 위스키라고도 불리는데 『동의보감』
에 의하면 속을 따뜻하게 하고 혈액순환을 촉진하
며 위와 장을 튼튼하게 한다고 하네요."

'위스키급 술이라면 문배주를 빼고 말할 수 없다
지? 하나 북쪽을 맘대로 올라갈 수도 없으니….'

몇 년 전 남북정상회담 자리에서 남녘의 진달래
꽃술인 '면천 두견주'와 북녘의 '문배주'가 만찬주로
쓰였다는 이야기를 들은 기억이 나서 더욱 안타까
웠다.

일락서산이라. 지는 해를 바라보며 임진강을 따
라가던 보미가 다다른 곳은 김포였다. 문배 맛과 향
이 나는 문배주는 대동강 일대 맑은 물로 빚는데 김
포 물맛이 꼭 닮았다. 마침 그 물로 빚은 문배주가
그곳에 있었다.

주인장 말이, 문배주는 쌀을 주원료로 하는 안동

소주와 달리 좁쌀과 수수로 만든다고 했다. 고급주를 돋보이게 하는 세련된 도자기 주병이 눈에 띄었다. 보기 좋은 떡이 먹기도 좋다지 않던가. 그 맛을 보니 소주에 비해 농익은 과일 향이 났다. 역시나 명주였다.

보미가 찬찬히 돌이켜보니, 이제껏 찾아다닌 소주류는 한양에서 서방님과 나들이 가서나 먹어본 것들이고, 기억 속 어머니의 술은 그보다는 훨씬 약한 약주 종류가 아니었던가.

이런저런 생각에 잠겨 있던 보미는 새삼 날짜를 세어보았다. 어느새 지상에 내려온 지 100일이 지나 여름이었다. 안타깝게도 시간이 너무 빠르게 흘러갔다.

'탁주보다는 세고 소주보다는 약한 약주 중의 명주라…. 송화백일주는 어떤 맛일까?'

독특하게도 송화백일주는 술과는 무관할 듯 여겨지는 스님이 만든다. 사연인즉슨 인조 때 진묵대

사가 오랜 수행으로 생기는 병세를 치유하고 예방하기 위해 만들어 마셨던 것에서 시작되었단다. 스님은 봄꽃 피는 사월이면 맷돌로 반쯤 타갠 밀과 맑은 약수로 반죽하여 누룩 틀에 넣고 버선발로 단단히 디뎌 누룩을 만든다고 했다. 그 누룩과 송홧가루 쌀죽으로 만든 밑술*에 찹쌀, 멥쌀 섞은 고두밥과 산수유, 구기자, 솔잎, 국화, 당귀, 감초, 하수오 등 자생초를 혼합해 잘 빚은 덧술*을 더한 다음 백일 동안 발효와 숙성을 거친다. 이를 다시 증류해 송홧가루, 솔잎, 오미자, 구기자 등의 부재료와 꿀을 더해 밀봉하여 오래 숙성시키면 완성된다고 했다.

보미는 어렵게 구한 송화백일주를 입에 물고 향과 맛에 집중하여 마셨다. 목 넘김 후에도 오래도록 잔향이 지속되었다.

●술을 빚을 때, 덧술을 치기 전 단계의 술. 또는 약주를 거르고 남은 찌끼술로 모주의 재료가 되기도 한다. 출전〈문화콘텐츠닷컴(문화원형 용어사전)〉

●밑술에다 곡물·물·누룩을 혼합한 것을 한 번 더 넣어 담글 경우 '덧술'이라 한다. 출전〈두산백과〉

드디어 보미는 한양에 입성할 때가 되었다고 판단했다. 예전 어사또 서방님 말에 올라타고 입성하던 그날의 감격이 새삼 떠올라 눈물이 시큰하고 가슴이 두방망이질 쳤다.

그런데 입성하자마자 눈이 휘둥그레졌다. 서울이라 부른다는 요즘 한양은 어마어마한 메트로폴리스였다. 거리는 온통 높은 건물과 자동차와 인파로 가득했고 차도 사람도 몹시 바쁘게 움직여 한동안 정신을 차릴 수가 없었다. 속도가 속도를 부추기는 새 한양, 서울에서는 느긋하고 정취 있는 옛 풍경을 찾아내기란 쉽지 않았다.

그나마 느긋하게 익혀 내린 술이 있다고 해서 우선 찾아가보았다. 서울시 무형문화재인 삼해소주는 삼해주를 증류해서 만들었다. 삼해주라면 보미도 들은 바 있었다. 정월 해(亥)일에 빚기 시작해 해일마다 덧술을 세 번 반복해서 빚는 술인데 겨울 계절주지만 장기간 저온 발효시켰다가 봄날 버들개지 하얗게 날릴 때 마신다고 유서주(柳絮酒)라 불렀다. 꽃구경하기 좋은 날의 잔치술로도 명성이 높아 조선 시대 마포나루에는 삼해주를 빚는 술도가가 백여 개에 이르렀다. 그 삼해주를 맑게 걸러 약주를 만든 뒤 소주의 덧술로 쓴 것이 삼해소주였다. 한 잔 마셔보니 그 명성대로 화사한 맛이 일품이었다.

5장

세상에서
제일 좋은 술

제법 묵직해진 소주 가방을 멘 보미의 발걸음은 대형 마켓으로 향했다. 거기에는 세상 모든 술이 다 모여 있었다. 운 좋게도 거기서 박사님이라 불리는 주류계의 고수를 만날 수 있었다. 마음 급한 보미는 만나자마자 궁금한 것부터 대뜸 물었다.

"박사님, 세상에서 제일 좋은 술이 뭔가요? 맛있는 건가요? 멋있는 건가요? 제조가 어려운 건가요? 그도 저도 아니면 몸에 좋은 건가요?"

낙숫물처럼 쏟아지는 질문에 당황한 고수가 보미 얼굴을 한참 쳐다보더니 말없이 돌아섰다. 그러더니 한참 뒤에 다소 진지한 말투로 대답했다.

"세상에서 제일 좋은 술이란 없다."

"비싸고 화려한 술병들에 담긴 술들이 저렇게 많은데 좋은 술은 없다니, 그게 대체 무슨 말씀입니까?"

"저것들은 대개 각 나라의 전통주를 현대 기술로 대량생산한 상품이야. 술을 증류하거나 살균하여 유통기간을 늘려 세계 각지에서 팔고 있지. 와인을 증류해 숙성시키면 브랜디, 맥주를 증류하면 위스키, 용설란을 발효한 풀케(Pulque)를 증류하면 멕시코의 대표주 테킬라가 되는 식이지. 그러니 취향에 따라 또 개성적으로 맛과 향이 '다른 술'은 있어도 제일 '좋은 술'이란 있을 수 없단다."

맞는 말이었다. 하지만 서방님을 만나려면 방방곡곡에 소문이 날 정도로 최고로 좋은 술이 필요하다는, 풀지 못한 숙제가 남아 있었다.

"박사님, 아무리 같은 재료로 만든 술이라도 격차가 있겠지요. 발효 원액인 탁주가 가장 하급일 거고, 그걸 맑게 거른 청주, 그러니까 약주가 그다음이고 증류해 숙성하는 소주가 가장 높은 단계의 좋은 술 아닌가요?"

"반드시 그런 것도 아니야. 숙취가 적은 증류주는 여러 단계의 제조 과정을 거치기에 일반적으로 비싸고 좋은 술이라고 부르지만, 도수가 높고 비싸다고 더 좋은 술이라고 할 순 없단다. 도수가 비교적 낮고, 몸에 좋아서 흔히 약주라 불리는 맑은 술 역시 좋다고 말할 수 있지만, 낮은 도수만큼 주량이 늘고 증류주보다는 숙취가 있지. 사실 싼 술이라고 꼭 나쁜 것도 아니야. 술의 원형이 잘 남아 있는 탁주는 발효균이 살아 있어 장 건강에 좋으며, 영양이 많아 한 끼 요깃거리도 되고 가격이 저렴해 서민의 술로 인기가 많으니 오히려 좋은 술이라고 할 수도 있지. 그러나 상온에서 발효가 지나치면 식초가 되거나 빨리 부패해서 저장에 문제가 있는 데다 과음하면 숙취가 따를 수 있다네."

"아, 이를 어찌합니까. 저는 세상 제일의 술로 '잃어버린 옛님'을 찾고자 이곳에 왔는데…. 그러지 마시고 솔직하게 좋은 술 하나만 알려주십시오. 이를테면… 흔히 제사에는 정종을 쓰던데 그게 다른 술을 제치고 제주(祭酒)로 대접받는 까닭은 좋은 술이라서 그런 게 아닐까요?"

이 대목에서 갑자기 고수의 표정이 굳어졌다.

"'정종(正宗)'은 일본 청주의 상품명 중 하나일 뿐이란다. 우리 조상들은 예로부터 발효주에 용수를 박아 윗부분에 맑게 고이는 술을 뜨면 청주, 혹은 법주라 불렀지. 몸에 좋은 술이라는 뜻으로 약주라고도 했고. 가뭄 등의 이유로 곡식이 귀해지면 왕이 금주령을 내렸는데, 행여 술을 마시다 걸리면 술을 약으로 썼다는 변명으로 엄한 벌을 모면했기에 그리 부르기도 했다지. 조선 시대 금주령은 매우 엄격했지만, 임금만큼은 예외여서 병중인 신하에게는 약술을 하사하기도 했다네."

고수는 제법 진지하게 설명을 이어갔다.

"약주와 청주의 의미가 나누어진 것은 1909년에 일본이 제정한 주세법이 결정적이야. 당시 일본식 맑은 술은 '청주', 누룩을 많이 이용하는 우리식 맑은 술은 '약주'로 구별했거든."

"그럼 탁주는 좋고 나쁨을 어떻게 분별하나요?" 보미의 질문은 끈질겼다.

"발효시킨 술덧을 체나 천 주머니로 거칠게 거르면 술이 탁해. 이 술을 탁주라고 부르지. 우리말로는 거칠게 거르거나 금방 막 걸렀다는 뜻으로 막걸리라고도 부르고. 쌀로 만든 막걸리, 보리(홉)로 만든 맥주, 포도로 만든 와인, 그리고 용설란 술 풀케 등이 다 비슷한 원리로 만들어진 발효주지. 이 중 쌀과 같은 곡류 위주의 탁주는 한국의 막걸리가 사실상 유일해."

"어째서 그럴까요? 쌀이라면 삼모작이 가능한 동남아도 풍부한데…."

"거기에도 여러 이유가 있단다. 쌀이 주곡인 동남아에도 쌀로 빚은 술이 있을 테지. 네팔의 탁주 '창'도 비슷한 쌀막걸리 유형이니까. 하지만 누구나 즐기는 대중주는 아니야. 우선 고온 다습한 지역이라 막걸리 상태로 보관, 유통하기가 매우 어려워. 그래서 주로 증류주로 만드는 모양이야. 그에 비하면 우리나라는 겨울이 있어서 저온 숙성이 가능하고 유통 온도도 적당해서 탁주가 대중적으로 보급되었던 거지."

"알고 보니 우리 술 막걸리가 생각보다 더 귀한 술이로군요."

"아무렴. 맛으로나 영양으로나 세계 어디에 내놔도 손색이 없지. 맛과 향미, 영양, 보관 방법 등에서 다른 술에 비해 오히려 뛰어난 면도 많아서 요즘엔

건강음료, 미용주로도 사랑받고 있단다. 한국은 지금 바야흐로 막걸리 춘추전국시대라 불릴 정도야. 맛이 뛰어난 다양한 제품이 여기저기서 선을 보이고 있거든."

"지난 수개월 공부 끝에 조금 알게 된 바에 따르면 누룩*과 재료, 주조 방법에 따라 천차만별의 맛이 나온다면서요?"

"아무렴. 우선 어떤 누룩이냐가 중요하지. 오늘날 막걸리는 통밀, 쌀, 보리 등 통곡물을 원료로 하는 전통 밀누룩 막걸리와 밀가루 개량 누룩으로 만든 막걸리로 크게 구분된단다."

●누룩은 재료, 계절, 지역에 따라 명칭이나 형태가 다르다. 재료에 따라 밀누룩, 보리
누룩, 쌀누룩, 녹두누룩, 약초가 들어간 초국으로 크게 분류한다. 밀을 원료로 할 때
밀기울의 유무에 따라 거친 조곡(粗麯)과 분곡(粉麯, 희다 하여 '백곡'이라고도 부른
다.)으로 나뉜다. 조곡은 민가에서 널리 쓰이고, 분곡은 맑은 고급술을 빚을 때 사용
되었다. 또한 한약재(쑥, 여뀌, 녹두, 생강, 연꽃, 매화꽃 등) 첨가에 따라 초국으로
분류한다. 계절에 따라서는 춘곡, 하곡, 추곡, 동곡으로 나뉜다. 형태에 따라서는 단
단하게 뭉친 누룩을 떡누룩 또는 병국(餅麴)이라, 낱알이나 곡물 가루로 만든 것을 흩임
누룩 또는 산국(散麴)이라 부른다. 색깔에 따라서는 황국, 백국, 흑국, 홍국으로 부
른다. 출전 〈한국민속대백과사전〉

"또 무엇으로 구분하나요?"

"덧술을 하는 횟수로도 세분하지. 밑술에 한 번 덧술을 하면 이양주, 두 번 하면 삼양주… 이렇게 더해 가는데, 어떤 방법을 쓰는가에 따라 술맛에 차이가 나. 흔히 덧술을 많이 할수록 좋은 술일 것 같지만 꼭 그렇지는 않아. 양조자가 어떤 맛을 원하느냐가 기준이지. 통상 덧술을 많이 할수록 공이 들어가니까 귀하게 대접하는 편이긴 해."●

보미에게 현대라는 세계는 참으로 희한했다. 그 옛날에는 술을 만드는 장인들이나 아는 비법이 요즘 시대는 인터넷 등으로 공유되어 너도나도 새 술을 만들고 있다 하니, 최고의 술을 찾기란 정말 어렵겠구나, 싶었다.

●곡물과 누룩, 물을 혼합해 한 번 술을 담근 후 걸러서 마시는 것을 '단양주', 한 가지 술을 2회 이상 나누어 빚는 술을 '중양주(重釀酒)'라고 한다. 여러 번에 걸쳐 나누어 빚다 보면 술맛이 깊고 부드러우며 향이 어우러져 마시기 좋은 술이 된다. (박록담, 『한국의 전통명주 1 ─ 다시 쓰는 주방문』, 코리아쇼케이스, 2005)

"잘 배웠습니다, 박사님! 귀한 가르침 정말 고맙습니다!"

더 배우고 싶었지만 보미는 떠날 수밖에 없었다. 배움의 길은 멀고 술을 찾는 데는 시간이 걸렸다. 보미는 이제 귀한 약주를 찾아보기로 하였다. 조금이라도 공들인 술이 좋은 술 아니겠는가 생각하며 일어서려는데 고수가 보미를 불러 세웠다.

"어허, 아직 내 얘기 끝나지 않았네. 좋은 술을 찾는다면, 탁주에 대해서 잘 알지 못하고선 헛걸음일걸세."

갈 길 바쁜 보미지만 그 말뜻을 모르고는 그냥 갈수가 없었다. 그녀가 물었다.

"막걸리는 약주를 걸러낸 나머지로 만드는 것이니 약주만 못한 것이 아닙니까?"

"전혀 그렇지가 않다네. 물론 맑은 술을 뜨고 남은 지게미를 물로 희석해 만들기도 하지. 하나 요즘엔 막걸리 생산 자체를 목적으로 발효주를 만드는 경우가 오히려 많아. 막걸리야말로 주류회사의 주력 상품으로 우뚝 서고 있거든. 막걸리의 장점은 첫째, 도수가 낮아 호쾌하게 들이켜는 통쾌함이요 둘째, 달달하니 맛도 좋아서 배를 든든히 하면서도 은근히 기운을 북돋아 노동 활력을 돕는 노동주라는 데 있지. 물론 주변의 흔한 재료로 만들기 때문에 값이 싸서 주머니 사정이 딸랑거리는 시인의 밥이 되기도 하고, 허허."

"흐음, 싼 서민의 술로는 그만이지만 최고의 술이라고 치켜세우기엔 뭔가 좀….."

"천만의 말씀! 쌀이 귀했던 전쟁 직후나 산업화 시대에는 막걸리를 수입 밀가루나 묵은 정부미 등으로 만들어 싸구려 술로 인식되었지만 지금은 전혀 그렇지가 않아. 이제는 고급화된 쌀막걸리가 대세야. 그런데도 같은 곡물 발효주인 맥주보다 값이 싼 이유는 원가가 저렴해서가 아니라 주세*가 싸기 때문이지."

"오호라, 우리 전통주를 먹으면 절세 효과까지 얻는다는 말씀이군요?"

"아무렴. 막걸리를 귀하게 대접해야 할 또 하나의 중요한 이유는 무릇 술 중에서 막걸리가 건강에 좋기로는 단연 최고이기 때문이란다. 막걸리의 효능은 크게 여섯 가지로 볼 수 있어. 첫째, 열량과 도수(평균 6~8도)가 낮아 마셔도 크게 취하거나 지치지 않아. 건강 요소인 섬유질, 당류, 유기산 등이 가득하고 저열량(100㎖당 78.12㎉)이어서 다른 술보다 비만 완화에 좋지. 둘째, 필수아미노산(단백질 함량 1.6~1.9%)이 다른 술(청주 0.5%, 맥주 0.4%, 소주 0%)에 비해 월등히 풍부하지. 곡물과 누룩 속에 함유된 단백질은 발효 과정에서 다양한 아미노산으로 분해되는데 그중 일반 성인에게 꼭 필요한 8대 아미

●주세는 맥주 72%, 막걸리 5%로 2000년대 이후 정부의 전통주 장려 정책이 반영되었다. 중소기업 적합 업종으로 지정되어 대기업이 참여할 수 없고 유통마진이 다른 주류에 비해 우수하다.

노산에 포함되는 발린, 이소류신, 메티오닌, 트레오닌, 리신, 페닐알라닌 등이 있어. 단백질의 보고라 알려진 우유도 함량이 3%인데 그보다 크게 떨어지지 않지. 셋째, 두말할 것 없이 유산균의 보고야. 발효 과정에서 증식되는 효모균류는 그 자체로 단백질과 각종 비타민 함량이 높은 것은 물론 장내 유해 미생물 번식을 억제하는 젖산균같이 정장제 역할을 한다네. 소주류나 살균 유통되는 청주, 와인 따위에 없는 유산균이 막걸리에는 풍부하다고 하네. 유산균이 장 염증이나 암을 일으키는 유해 세균을 파괴하고 면역력을 강화한다는 건 자네도 알고 있지? 넷째, 풍부한 유기산은 독특한 막걸리 신맛을 내는데 사람에 따라 호불호가 갈리지. 하지만 건강상으로 보면 갈증을 멎게 하고 입맛과 소화를 한층 도우며 원활한 신진대사로 몸을 이롭게 해. 산미는 대체로 0.2~0.4%로 유지되는 것이 좋은 막걸리의 기준일세. 당보다 쉽게 에너지를 얻을 수 있는 유기산의 일종이라서 피로감 해소에 도움이 된다네. 다섯째, 중년 남성에게 꼭 필요한 영양소인 비타민 B가 풍부하다네. 여성들에게는 피로 완화와 피부 재생, 시력 증진 효과도 탁월하고. 여섯째, 막걸리 찌꺼기 (주박이라고도 부름), 즉 술지게미의 효능도 훌륭하다네. 기본 활력소인 탄수화물, 단백질, 섬유소 함유량이 일반 쌀밥과 별 차이가 없어 예전에는 배가 고프면 술지게미로 허기를 때우기도 했지. 풍부한 식이성 섬유소로 변비 개선 효과, 식후 혈당 저하 효과가 탁월해서 당뇨병 완화는 덤이야, 하하. 조사해보면 이런 연구 논문은 아주 많아. 예로부터 피멍이나 어혈, 신장 치료에는 똥물이 좋고 심장, 폐와 같은 흉부 치료에는 막걸리가 좋다는 말도 있어. 거왜, 목쉰 판소리꾼들이 똥물을 마셔 목의 어혈을 푼다는 이야기는 들어봤지?"

고수의 한바탕 신명 난 막걸리 예찬에 보미는 넋이 다 나갈 지경이었다. 이쯤 되면 막걸리란 인간

육체의 노고를 푸는 향응의 술이 아니라 보약이라는 찬사가 아닐 수 없다. 좀 지나치다 싶어 한마디 보탰다.

"에이, 박사님 말씀에 따르자면 막걸리가 삶의 애환, 즉 희로애락(喜怒哀樂)을 달래는 위안 정도가 아니라 만병통치약쯤 된다는 거네요. 어떤 이는 그걸 마시고 취하면 쥐어짜듯 머리가 아프다 하고, 또 어떤 이는 주사까지 부리던데, 그건 뭔가요?"

"과유불급이라. 아무리 좋아도 지나쳐서 좋을 게 있겠나. 내친김에 부끄러운 우리 술 역사도 말해줄까? 예전에는 막걸리 생산에서 잘못된 관행도 있었지. 흔히 막걸리 마셔서 머리가 아프다는 말이 예전엔 자주 들렸는데 카바이드를 이용해 싼값으로 생산하고 쉽게 돈 벌려는 일부 장사치들의 잘못 때문이었어. 그런 방식은 이제 아무도 안 해. 요즘의 현명한 소비자들 앞에서 상상도 할 수 없는 일이야."

고수의 설명은 보미로 하여금 최고의 좋은 술이

란 과연 무엇인가를 여러 각도에서 고민하게 만들었다. 그렇지만 그런 모호한 기준으로 긴 세월을 기다렸던 이몽룡에게 선사할 최고로 좋은 술을 어떻게 찾는단 말인가.

결국 보미는 손에 딱 잡히는 좋은 술을 더 찾아본 뒤, 직접 만들기로 결심하고 술 빚는 비법을 찾아 좀 더 발품을 팔기로 했다. 다시 짐을 짊어진 보미는 감사하다는 인사를 수차례 반복하고는, 산 좋고 물 좋은 고장을 찾아 길을 나섰다. 뚜벅뚜벅 걸어가는 보미에게 마지막으로 박사님이 뒤에서 큰 소리로 덧붙였다.

"이봐! 좋은 술을 빚으려면 무엇보다 좋은 물을 찾는 게 우선이라네!"

6장

명주는
어떤 맛인가

보미는 자고로 온 나라에서 약주로 유명하다는 고장은 다 찾아갔다.

계룡 백일주, 면천 두견주, 한산 소곡주와 경주 교동법주, 화성 부의주와 남양주 계명주는 가히 일품이고, 아산 연엽주, 중원 청명주, 금산 인삼주, 청양 구기주, 대전 송순주도 빼놓으면 섭섭한 일이었다.

부지런히 발품을 팔아 쌀 좋기로 소문난 여주에

서 빚은 과하주의 달고 향긋한 맛과 옥수수술 홍천 옥선주의 얼얼하면서도 시원한 맛, 가야곡 왕주, 해남 진양주, 달성 하향주의 독특한 풍미, 녹두국을 써 오묘한 향취를 내며 어주(御酒)라고도 불리는 서울 향온주 등 온갖 술을 두루 시음하고 제조법을 배울 수 있었다.

그러나 여전히 풀지 못한 숙제는 탁주였다. 탁주의 세계는 예전에 춘향이 알던 농주와는 차원이 달랐다. 각 고장의 독특한 특산물들이 탁주에 혼합되어 점차 고급화되고 있었다.

가평 특산물인 잣의 향기를 더하고 묵직함보다는 깔끔한 맛을 내기로 소문난 가평잣막걸리, 오래된 양조장의 역사를 자랑하는 지평막걸리, 백운계곡 지하 암반수로 만든 포천이동막걸리, 홍천 특산물인 단호박을 넣은 10도짜리 막걸리 만강에비친달, 대한민국 민속주 1호이며 부드러운 산미가 매력적인 부산의 금정산성막걸리, 막걸리계의 아메

리카노라고 별칭이 붙은 정읍의 송명섭막걸리, 쌀을 주원료로 사과와 벌꿀을 넣어 발효시킨 장성의 사미인주, 무증자 개량 누룩을 사용해 쌀가루로 술을 만든다는 포천의 느린마을, 1990년 업계 최초로 쌀막걸리를 출시한 인천 소성주, 성인병 예방에 도움이 된다는 봉평의 메밀막걸리, 술의 고장으로 부상하는 강릉의 도문대작막걸리, 새벽의 신선한 기운이 들어간 영월동강 순곡막걸리, 민들레와 왕우렁이쌀로 빚은 생청주막걸리, 단양의 옥수수를 넣어 빚은 생강냉이술, 밥풀 동동 뜨고 톡 쏘는 회곡 생동동주, 5도짜리 저알코올 은자골생탁배기, 보리로 만들어 더욱 구수한 건천 생보리탁, 아산의 개똥쑥을 넣은 생막걸리와 연잎 향기 머금은 이참판댁 연엽주, 진짜 딸기 과육을 넣은 논산 딸구생막걸리, 맑은 정신과 가벼운 몸을 만든다는 유자를 넣은 고흥의 생유자막걸리, 신비의 섬 울릉도의 호박생막걸리…. 그 밖에도 몇 군데 더 들러 맛을 보고 제조 비법을 배웠다.

그러나 짧은 시간에 모든 술을 알아내기란 불가능했다. 게다가 차조로 떡을 만들어 빚는다는 그 유명한 제주 오메기술은 맛도 보지 못했으니…. 시간은 결코 보미 편이 아니었다.

하는 수 없이 마포나루로 가서 요행을 바라는 마음으로 서방님을 기다리기로 했다. 서둘러 돌아가는 길에 아뿔싸, 비바람 세찬 어느 저녁에 보미는 그만 거리에서 쓰러지고 말았다.

보미는 더 이상 하늘나라의 고귀한 천녀 춘향이 아니라 이승 세계의 가녀리고 굶주린 여자, 길 가다 노독에 지쳐 쓰러지는 이십 대 청년일 뿐이었다. 그런 중에도 시간은 흘러 어느새 늦가을. 하늘나라 높으신 분과 약속한 때가 속절없이 다가오고 있었다.

7장

천년의 약속

보미가 눈을 뜬 곳은 연고 없는 이들을 모아놓은 요양병원 알코올중독자 수감 시설이었다. 경영이 어려운 처지의 몇몇 요양병원들은 갈 곳 없는 기초 수급자나 무연고자들을 병원으로 데려와 유치(사실은 수감)해서 정부로부터 의료 수당을 타내는 대상으로 이용하곤 하는데 무연고자들은 그때그때 처지에 따라 코드를 받고 한 달에 120만 원짜리니, 250만 원짜리니 하는 등급을 받았다. 술을 가득 채운

가방을 멘 채 쓰러진 무연고자 보미는 누가 보아도 중증 알코올중독자로 분류하기 딱 좋았다. 공짜 의료 수당 대상인 셈이다.

보미가 그런 자기 처지를 알기까지는 꽤 오랜 시간이 걸렸다. 원기를 회복한 뒤 밖으로 나가려고 했지만 그곳에서 그녀는 이미 노숙자보다 못한 만만한 돈줄로 취급되고 있었던 것이다. 특단의 수단이라도 동원하지 않는 한 절대로 그곳을 벗어나기란 쉽지 않았다. 진퇴양난에 빠진 그녀가 택할 수단이라고는 하늘나라의 높은 분에게 비는 일뿐이었다.

'높으신 분이시여! 저의 어리석음으로 인해 일이 이 지경이 되었나이다. 부디 저를 불쌍히 여기시어 여기서 빠져나가게 도와주시옵소서. 그러면 서방님과의 인간 세상 백년해로를 포기하고 약조한 시간에 즉시 하늘로 돌아가 '지상의 향기를 관장하는 천녀'라는 본연의 역할을 천 년 동안 더 맡겠나이다.'

죽기보다 싫은 일이었지만 어쩔 수 없었다.

천신만고 끝에 수감 시설에서 빠져나온 보미는 이지러진 하현달이 뜨는 날, 다시 배를 타고 제주로 갔다. 세상의 온갖 술을 찾아다녔지만 이몽룡이 그녀를 알아볼 만큼 눈에 띄는 최고의 술은 아직 알아내지 못한 상태였다. 다만 물에 빠졌던 자신을 구해준 할망을 만나서 하직 인사라도 한 뒤 하늘에 오르기 위해서였다.

할망네 돌집에 들어서서 안거리(안채) 밖거리(바깥채), 모커리(곁채), 이문간(문간채) 다 둘러보았으나 할망은 어디로 갔는지 보이지 않았다. 대신 정지(부엌)에 들어가보니 예전에 맛보지 못한 오메기술이 담가져 있었다. 독 안에서는 술이 익을 때 나는, 술덧에 포말을 이루며 터지는 소리가 요란했다.

샘물 솟듯 퐁퐁거리고, 바람에 흔들리는 종처럼 웅웅 울고, 양철 지붕에 내리는 빗소리처럼 우당탕대다가는 파도 거품처럼 부글부글 사그라져서 마치 난타 연주라도 듣는 듯했다.

며칠이 지나자 술의 은은한 향기가 온 사방에 가득했다. 참으로 기묘했다. 일 년 전, 하늘나라까지 천녀의 몫으로 올라와 말썽을 피웠던 그 술 향기에 비견되었다. 마침내 한 국자를 떠서 살짝 맛을 보니, 가히 견줄 데가 없는 맛이었다. 신맛은 신맛이되 그 정도가 조화로운, 걸쭉하면서도 살짝 독하되 시원한 청량감이 도는, 뭐라 형언키 힘든 맛. 무엇보다 묘한 원시의 맛이 거기 있었다. 모름지기 음식의 한 갈래인 술도 문화인지라 시대의 감각과 유행을 반영한다고 했던가. 단언컨대 당대를 초월한 이 오래된 비법의 술이라면 어딘가에 있을 이몽룡을 불러올 수가 있을 것 같았다.

'그나저나 할망이 며칠째 안 돌아오네. 혹 무슨 일이라도 있나?'

이웃 사람들에게 물으니, 그런 할망은 아무도 본 적이 없다고 했다. 보미가 할망의 모습이 이러저러하다고 아무리 설명해도 모두 고개를 갸웃했다. 그

옆집, 옆집, 옆집을 돌아 올레 끝집에 들르니 주름살 쪼글한 해녀 할망이 지나가는 말로 한마디 했다.

"아무래도 영등할망을 만난 거 닮음게 마씸. 2월 초하루에 제주에 들어와 온갖 씨를 뿌려주고 보름이 지나면 우도를 거쳐 돌아가는디, 다들 '바람 신'이다 '풍요 신'이다 그럽주."

'아하!', 그제야 보미는 고개를 끄덕였다

"정말 고마워요, 할망!"

보미는 한라산 방향으로 고개를 돌려 큰절 한 번, 영등할망이 씨를 뿌려주고 돌아간다는 우도 쪽을 향해 또 한 번, 파도가 일렁이는 맑은 바당(바다)을 향해 마지막 큰절을 올렸다.

드디어 열두 번째 초승달이 뜨는 날 밤, 보미는 새로 자은 명주실처럼 뽀얀 달빛을 타고 하늘에 올랐다. 그녀는 하늘에 계신 높고 귀하신 분을 만나 지상에서 보낸 일 년에 대해 자세히 말씀드렸다. 그로부터 별자리가 천 번쯤 움직였던가.

에
필
로
그
●

동백나무 숲속으로

어느 날, 높으신 분이 천녀 춘향을 다시 불렀다.

"기특한지고. 임 그리는 그대에게는 천상의 하루가 일 년에 버금갈 것이거늘…. 내 그대의 신의에 감복하여 특별히 한 번 더 지상으로 내려갈 기회를 주려 하는데 어찌 생각하느냐?"

"높으신 분이시여, 그저 성은이 망극할 따름이옵니다!"

이 모두가 춘향의 지극한 바람이 하늘을 감복시

킨 결과였다.

그리하여 어느 초승달 뜨는 날, 초유처럼 하얀 달빛을 타고 지상으로 다시 내려온 보미는 한라산 백록담에 사뿐히 안착했다. 발자국 딛는 곳마다 노란 복수초꽃이 어여삐 피어나는 봄이었다. 이번에는 설문대할망의 도움으로 '꾸미'라 불리는 사내, 이몽룡을 쉬이 알아보게 되었다.

늘 푸르른 생명력으로 넘치는 한라산 중턱의 곶자왈, 그중에서도 깊고 아름답기로 이름난 동백동산으로 간 보미와 꾸미. 그들은 숲속의 아름다운 습지에서 조촐한 혼인 예식을 치렀다. 싱그럽게 갓 피어난 붉은 동백꽃은 물론이고 온갖 풀과 나무, 새와 벌레와 동물들이 그들의 새 출발을 축복해주었다. 그들 부부는 그날로 곧장 사람들 눈에 띠지 않는 더 깊은 곳으로 들어갔다. 당분간 전통주 탐구와 기술 연마에 더욱 힘을 쏟기로 한 것이다. 그 뒤로 아직까지 아무도 두 사람을 발견하지 못했다고 한다. 언젠가 두 사람이 심혈을 기울여 만든, 우리 전통을 잇는 새로운 술을 맛보는 날이 올 거라 믿는다. 마포나루 언저리에서, 봄날의 꽃술 잔치부터 시작되려나? 머지않아 앞다투어 꽃망울 터지듯 술덧에 기포 터지는 소리 온 세상에 가득하고. 향기로운 그 향기 대기에 가득하리라.

주요 참고 문헌 및 기관

권영희 외, 「쌀 품종을 달리한 입국의 제조 및 막걸리의 품질 특성」, 『한국식품과학회지』 제45권 제1호, 한국식품과학회, 2013.

박록담, 『전통주』, 대원사, 2004.

박록담 외, 『버선발로 디딘 누룩』, 코리아쇼케이스, 2005.

백웅재, 『우리 술 한주 기행』, 창비, 2020.

원융희, 『한의 술』, 백산출판사, 1999.

이성우, 『한국식품사회사』, 교문사, 1992.

이종기, 『이종기 교수의 술이야기』, 다할미디어, 2009.

이종호, 『막걸리를 탐하다』, 북카라반, 2018.

이현주, 『한잔 술, 한국의 맛』, 소담출판사, 2019.

정혜정·김홍우, 『전통주 한식과 만나다』, 푸디, 2018.

조정형·조윤주, 『전통주 기법과 명인의 술』, 다온북스, 2021.

『한국민족문화대백과』, AKS(한국정신문화연구원, 한국학중앙연

　구원으로 개명), 1991.

국립민속박물관, 「한국의식주생활사전 외 6」, 『한국민속대백

　과사전』, 2018.

한국식품연구원 우리술연구센터(https://www.kfri.re.kr)

한국전통민속주협회(http://www.ksool.co.kr/onbr/Brd/

　home/white230)

한국막걸리협회

비밀의 향기

보미의 우리 술 이야기

초판 1쇄 발행 2021년 9월 2일

기　　획 박성기 · (주)우리술 대표이사
지은이 김재영
펴낸이 황규관

펴낸곳 (주)삶창
출판등록 2010년 11월 30일 제2010-000168호
주소 04149 서울시 마포구 대흥로 84-6, 302호
전화 02-848-3097
팩스 02-848-3094
전자우편 samchang06@samchang.or.kr

ISBN 978-89-6655-140-8 03810